十万ドルの純潔

ジェニー・ルーカス 作

中野　恵 訳

ハーレクイン・ロマンス

東京・ロンドン・トロント・パリ・ニューヨーク・アムステルダム
ハンブルク・ストックホルム・ミラノ・シドニー・マドリッド・ワルシャワ
ブダペスト・リオデジャネイロ・ルクセンブルク・フリブール・ムンバイ

THE CONSEQUENCE OF HIS VENGEANCE

by Jennie Lucas

Published by Harlequin Japan, a Division of K.K. HarperCollins Japan, 2024

ジェニー・ルーカス

書店を経営する両親のもと、たくさんの本に囲まれ、アイダホ州の小さな町で遠い国々を夢見て育つ。16 歳でヨーロッパへの一人旅を経験して以来、アルバイトをしながらアメリカ中を旅する。22 歳でのちに夫となる男性に出会い、大学で英文学の学位を取得した 1 年後、小説を書き始めた。育児に追われている今は執筆活動を通して大好きな旅をしているという。

主要登場人物

レティシア・スペンサー……ウエイトレス。愛称レティ。
ハワード・スペンサー……レティの父。
ベル・ラングトリー……レティの友人。
ミセス・ポリファクス……スペンサー家の家政婦。
ダレイオス・キュリロス……ソフトウェア開発会社の最高経営責任者。
エウゲニオス・キュリロス……ダレイオスの父。故人。
サンティアゴ・ヴェラスケス……ダレイオスの友人。愛称アンヘル。

1

レティことレティシア・スペンサーは、凍《い》てつく二月の寒さに背中を丸め、ブルックリンのダイナーをあとにした。一日の仕事を終え、疲れはたまっていたが、重いのはむしろ心のほうだった。

今日はいい一日ではなかった。

着古したコートの中で身を震わせ、寒風の吹きすさぶ暗い通りを歩いていると、肌の出ている部分ににわか雪がふれた。

「レティシア」背後から声が聞こえ、レティは振り向いた。

もう誰もわたしをレティシアとは呼ばない。レティシアのわたしは、甘やかされて育ったお嬢さまだった。でもレティのわたしは、家計をささえるために額に汗して働く、ニューヨークにいる無数のウエイトレスのひとりにすぎない。

いまの声には、聞き覚えがある……。

あの人の声みたい……。

ハンドバッグのストラップを握りしめ、レティはゆっくりと振り返った。

そして、息をのんだ。

ダレイオス・キュリロスは、つややかな黒

いスポーツカーにもたれていた。黒い髪に黒い瞳、目もくらむような美貌。黒いウールのコートに包まれた体はたくましい。

一瞬、レティは自分の目を疑った。ダレイオス？　どうして彼がここに？

今朝、彼女の父はキッチンのカウンターに新聞を広げ、興奮した口調で言っていた。

〝この記事を読んだか？　ダレイオス・キュリロスが二百億ドルで会社を売却したぞ！〟

父の目は鎮痛剤のせいで焦点が合わず、折れた腕は三角巾で吊《つ》られていた。〝電話しなさい、レティ。あの男の愛情を、もう一度勝ち取るんだ〟

父がダレイオスの名前を口にするのは、十年ぶりだった。暗黙のルールは破られたのだ。けれどレティは、〝仕事に遅れるわ〟と言ってその場から逃げたのだった。

そのせいでトレイを落としたり、注文の内容を忘れたりと、今日は失敗の連続だった。あげくのはてには、ベーコンエッグを客にぶちまけさえして、くびにならなかったのが奇跡に思えた。

違うわ、とレティは息もできない中で思った。奇跡はこっちのほう――ダレイオスがわたしの目の前にいるほうだ。

彼女は一歩前に踏み出した。「ダレイオス？　ほんとうにあなたなの？」

近づいてくるダレイオスは黒い天使のよう

だった。街灯の光の中で彼が白い息を吐き、足を止めてレティを見下ろす。光の加減でその顔には影が差し、表情は読み取れない。ふれたとたんダレイオスが消えてしまいそうで、レティは怖くて手を伸ばせなかった。

手を伸ばしたのは、ダレイオスのほうだった。ポニーテールからこぼれ落ちた、レティの黒髪に指を巻きつける。「驚かせてしまったかな?」

かすかなギリシア語のアクセントがある、低くハスキーな声に、レティの体は震えた。これは夢じゃないんだわ。

本物のダレイオスだと思って、彼女の胸は高鳴った。十年のあいだ、レティは彼への思いを断ち切ろうとしてきた。それでも、夜になると考えずにはいられなかった。そのダレイオスがいま、目の前にいるのだ。「こんなところでなにをしているの?」

「我慢しきれなかったんだ」

街灯に照らし出されたダレイオスの顔は少しも変わらず、レティは驚きに打たれた。ダレイオスは、彼女の記憶にあるとおりの姿をしていた。十八歳のとき、レティはいちずに彼を思い、禁じられた恋にのめりこんだ。そして愛する人を救うため、みずからの幸福をも犠牲にした。

ダレイオスはレティの肩に手を置いた。薄いコートを通して彼のぬくもりが伝わってきて、レティは泣きだしそうになり、ダレイオスにこう言いたくなった。〃どうしてわたしをこんなに長く待たせたの？　もう少しで希望を捨てるところだったわ〃

そのとき、レティはダレイオスの視線に気づいた。彼はファスナーの壊れた、着古したコートを凝視していた。しかも彼女がその下にまとっていたのは、漂白をくり返してすり切れかけた、ウエイトレスの制服だった。

レティは顔を赤らめた。「外を出歩く格好じゃないわね……」

「服なんかどうだっていい」声には奇妙な響きがあった。「いっしょに来るんだ」

「どこに？」

ダレイオスがレティの手を取ると、電流のような衝撃が走り、彼女はうろたえた。

「ミッドタウンにある、ぼくのペントハウスだ。来るだろう？」

「ええ」レティはあえぐように答えた。

ダレイオスは官能的な唇に笑みを浮かべ、スポーツカーの助手席のドアを開けた。

座席に腰を下ろしたレティは、深く息を吸い込んだ。革の香りが鼻孔をくすぐる。ウエイトレスとして稼いだ過去十年分の給料をそっくりつぎ込んだとしても、こんな高級車は買えないはずだ。

ダレイオスが運転席に座り、エンジンをかけた。スポーツカーは轟音《ごうおん》とともに発進し、ニューヨークでもっとも観光客と富裕層が集まるマンハッタンを目指した。

「お父さんは刑期を終えたんだな？」ダレイオスの声は皮肉っぽかった。

レティは唇を噛《か》んだ。「つい何日か前にね」

ダレイオスは彼女のくたびれたコートと、よれよれの制服を見た。「そして、きみの人生は変わるわけだ」

十年前、わたしが彼を裏切った理由を、ダレイオスは知っているの？「わたしは身をもって学んだの。人生とはいやおうなく変わるものだと」

「たしかに、そのとおりだな」

レティはダレイオスの横顔に目をやった。黒い眉、高い鼻、セクシーな唇。夢を見ているみたいだ。ダレイオスがあれから十年たった今夜、わたしが働くダイナーを捜し当て、彼のペントハウスに連れていこうとしている。

わたしが心から愛した、ただひとりの男性が……。「なぜわたしの前に姿を現したの？どうしていまになって？」

「きみからメールが届いたからだ」

「メール？」けれど、何も送ったおぼえはない。

「とぼけたいなら、とぼけるといい」

メールですって？　レティの胸に疑いが広がった。父は、わたしがダレイオスと連絡を取ることを望んでいた。しかも腕の骨を折った数日前から、わたしの古いパソコンのそばに座っていた。

もしかして父はわたしになりすまして、ダレイオスにメールを送ったの？

あらためて、レティはダレイオスの顔を盗み見た。かりに、父がよけいなまねをしたのだとしてもかまわない。おかげで彼と再会できたのだから、むしろ感謝するべきだわ。

たぶん父は、娘が十年前にダレイオスを裏切ったほんとうの理由を明かしたのだ。でなければ、彼がわたしの前に姿を現すはずがない。でも、ほんとうにそうかしら？

レティはおずおずと切り出した。「今朝の新聞であなたの記事を読んだわ。会社を売却したそうね」

「ああ」ダレイオスは顎に力をこめ、視線をそらした。「そのとおりだ」

「おめでとう」

「ありがとう。ここまで来るのに、十年かかったよ」

十年……。そのひとことのあと、車内には沈黙が垂れこめた。

車は富が残酷に支配するマンハッタンに入った。十年前、父が法廷で有罪を言い渡された日から、レティはここを訪れるのを避けていた。荒れた手を膝の上で握りしめる。「ずっとあなたのことを考えていたわ。元気でいてほしい、しあわせでいてほしいと」

ダレイオスは赤信号で車を停《と》め、レティに視線を向けた。「それはどうも」低い声の響きは、またしても奇妙だった。交差点を通り過ぎていく車のヘッドライトに照らされるたび、その険しい顔に影がよぎる。

信号が青に変わった。時刻は午後十時を過ぎ、交通量は減り始めていた。ミッドタウンが近づくにつれ、高層ビルがさらに高さを増す。やがてスポーツカーはセントラルパークの南側にそびえる、真新しい鋼鉄とガラスでできた摩天楼に近づいた。

ダレイオスが車を建物の前に停めると、レティは驚きの表情であたりを見まわした。

「ここに住んでいるの？」

「いちばん上の階二つがぼくの家なんだ」

運転席のドアを開け、車のキーを駐車係に渡して、ダレイオスは助手席側にまわった。レティのためにドアを開け、手を差し伸べる。

彼女は不安そうな面持ちでダレイオスの手を見つめ、やがてそこに手を置いた。

彼の手に力がこもり、レティはてのひらにぬくもりを感じた。やっぱり、この人は真実を知ったんだわ。知らないなら、わたしを捜すはずがない。

ダレイオスは、レティを吹き抜けになった豪奢《ごうしゃ》なエントランスに導いた。「おかえりなさいませ、ミスター・キュリロス」受付デスクの向こうにいる男性が声をかけた。「今夜は冷えますね。お風邪を召されないよう、お気をつけください」

「そうするよ。ありがとう、ペリー」ダレイオスはエレベーターの操作パネルにカードキーをかざし、七十階のボタンを押した。

エレベーターが上昇を始めると、彼はレティの手をしっかりと握りしめた。彼女はダレイオスと目を合わせることができず、唇を噛んで階数を示すデジタル表示を見つめた。六十八、六十九、七十……。

チャイムの音が響き、ドアが開いた。「レディ・ファーストだ」ダレイオスが言った。

おどおどした目を向けてからレティはエレベーターを降り、薄暗いペントハウスに足を踏み入れた。ダレイオスがあとに続く。

シャンデリアがある玄関ホールを進むと、大理石の床でゴム底の靴がきゅっきゅっと音をたて、レティはたじろいだ。

ダレイオスが黒いロングコートを脱いだ。明かりもつけず、彼女をじっと見ている。

レティは息をのんで視線をそらすと、ハンドバッグのストラップを握りしめ、薄暗い部屋の奥に向かって歩いた。広い部屋は吹き抜けになっていて、四方にめぐらされた窓は床から天井まであった。

眼下のセントラルパークは闇に包まれ、ハドソン川の向こうにはニュージャージー州の町の明かりが見えた。南にはエンパイアステートビルを初めとする、ミッドタウンの摩天楼がそびえている。

暖炉の青いガスの炎を別にすれば、部屋の明かりは、夜のニューヨークが放つ光だけだった。

「すごいわ」レティは窓に近づき、はるか下のパーク・アヴェニューに目をやった。車やタクシーは蟻《あり》のように小さく、ペントハウスのあまりの高さにめまいに襲われた。「きれいね」

背後から声が聞こえた。「きれいなのはきみだ、レティシア」

レティは振り返り、暖炉の青い炎に照らされたダレイオスを見た。

そしてふたたび息をのんだ。ダレイオスは何も変わっていない、ですって？

違う、いまの彼は完全に別人だ。

三十四歳のダレイオスはもはや細身の若者ではなく、堂々たる体躯《たいく》の大人の男性に成長していた。肩幅は広く、全身には筋肉がまんべんなくついている。長かった黒髪は短くカットしてあるので、頬から顎がはっきりと見て取れた。かつてはやさしく穏やかだった口元も、いまは厳しく引き結ばれている。

ニューヨークを見下ろすペントハウスに立つダレイオスは、まるで一国を支配する王のようだった。「レティシア……」

「レティと呼んで」彼女はぎこちなくほほえ

んだ。「わたしをレティシアと呼ぶ人は、もうひとりもいないから」

「どうしても忘れられなかったんだ、きみのことが。二人で過ごしたあの夏が……」

あの夏……。レティの脳裏に、封印していた記憶がよみがえった。牧草地でダレイオスと踊ったこと。舞踏会の夜のキス。スペンサー家の館であるフェアホルムの使用人たちの目を逃れて、広いガレージに二人で忍び込んだこと。あのときの彼女は、ダレイオスにすべてを許すつもりでいた。

〝結婚まで清い関係でいよう〟と言ったのは、ダレイオスのほうだった。〝きみがぼくの花嫁になるまではだめだ〟ヴィンテージカーの後部座席で、欲望にあえぎながら彼は言った。〝永遠に、ぼくのものになってからでなくては〟

けれど、レティがダレイオスの花嫁になる日は来なかった。二人が落ちたのは禁じられた恋だった。レティはまだ十八歳にもなっておらず、二十四歳だったダレイオスは彼女の父ハワードの運転手の息子だった。

汚れなき情熱に彩られた夏が終わるころ、ハワードは二人のロマンスを知って激怒し、ダレイオスを館から放り出した。レティと引き離された一週間後、ダレイオスは電話をしてきた。〝二人で逃げよう。生活費はぼくが稼ぐから、どこかにワンルームの部屋を借りて暮らせばいい〟

巨万の富を築く、というダレイオスの夢をだいなしにしたくなくても、レティは駆け落ちの誘いを拒絶できなかった。結婚が無理なのは、二人ともわかっていた。彼女の父が絶対に反対するからだ。こうして二人は駆け落ちをする約束をした。

決行当日の夜、ダレイオスはフェアホルムの正門の前に車を停めた。しかしいくら待っても、レティは姿を現さなかった。

ダレイオスは必死に連絡を取ろうとしたが、彼女は一度も電話に出なかった。その翌日、レティは父親を説得し、二十年間スペンサー家の運転手をつとめてきたエウゲニオス・キュリロスを解雇させた。

それでも、ダレイオスは二人の関係が終わったことを認めず、電話をかけ続けた。すると彼のもとに、冷ややかな一通のメールが届いた。

わたしは別の男性の注意を引くために、あなたを利用しただけなの。その人はお金持ちで、贅沢《ぜいたく》な暮らしを保証してくれる。だからその人と婚約したわ。そもそもわたしが、ワンルームの部屋なんかで、あなたみたいな人と暮らせると思っていたの？

何もかも嘘《うそ》だった。〝別の男性〟などいな

かったし、二十八歳になった現在もレティはバージンのままだった。

ダレイオスに真実を明かしてはいけない、とレティはずっと自分に言い聞かせてきた。わたしが犠牲になったことを知らなければ、彼は罪の意識に苦しまずに夢を追いかけられる。そのせいで、わたしは憎まれてもかまわない。

でも、ダレイオスは真実に気づいたみたいだ。でなければ、彼がわたしを捜すはずがない。「十年前にわたしが裏切った理由を、あなたは知ったのね？」目をそらしたまま、レティは小さな声できいた。「わたしを許してくれるの？」

「そんなことはどうだっていい」荒々しい声が答えた。「いま、きみはぼくの目の前にいるんだから」

レティの胸が高鳴った。ダレイオスの瞳には欲望が浮かんでいる。コーヒーとケチャップのしみが付いた制服を見て、彼女はささやいた。「もうわたしなんて……欲しくはないでしょう？」

「そんなことはない」ダレイオスはレティの肩からハンドバッグを取り、コートを脱がせ、どちらも大理石の床に放った。「十年前のぼくは、きみが欲しかった」両手で彼女の顔を包み込み、ささやき返す。「そして、いまも欲しいと思っているんだ」

衝撃が走り、レティは唇を湿らせた。

彼はわたしの唇を見つめている。

ダレイオスがレティの髪に指を差し入れ、ポニーテールをほどいた。長い黒髪が肩にこぼれ落ちると、彼はレティの頬を撫《な》で、顔を上に向けた。

ずば抜けた長身のダレイオスは、あらゆる意味でレティより大きく、動揺しつつも彼女は十八歳のころに戻った気がした。彼のそばにいるだけで、過去十年に味わった苦しみと悲しみが嘘のように消えていく。

「ずっとあなたに会いたかったの。いつもあなたのことばかり考えて――」

その唇に指を当て、ダレイオスはレティの言葉をさえぎった。ふれられたとたん、情熱の炎が彼女の唇から胸へと駆け抜けた。森を思わせる彼の香りが鼻孔をくすぐり、下腹部が緊張に張りつめる。

ダレイオスはレティをしっかりと抱き寄せ、唇を重ねた。キスは熱く、貪欲だった。伸びかけた髭《ひげ》に柔らかな肌を刺激されながら、レティは必死に口づけに応えた。

喉の奥からうなり声をあげ、ダレイオスがレティの背中を壁に押しつけた。彼の手が白い制服の上を走り、ボタンをつぎつぎとはずしていく。あらわになった肌を見て、レティは息をのんだ。つけている白のブラジャーとショーツは、おしゃれでもなんでもなかった。

ダレイオスは制服をはぎ取って床に投げ出すと、ひざまずいてレティの白い靴を脱がせた。四方を窓にかこまれた部屋で、レティは半裸になっていた。

立ち上がったダレイオスが、またキスをした。レティの唇を奪った唇は、彼女の体を情熱で焼きつくした。気づくと、レティの手は勝手に動いて彼の黒いシャツのボタンをはずし、肌のぬくもりと筋肉の硬さを味わっていた。ダレイオスはまるでサテンに包まれた鋼鉄で、硬くそれでいて柔らかかった。

レティはダレイオスのすべてを肌で感じたかった。そして、彼とひとつになりたかった。

ダレイオスは口づけをくり返しながら、てのひらをレティの肩からヒップ、胸のふくらみへ移動させた。体を壁に押しつけられ、唇に歯を立てられたレティは、たちまち目もくらむような欲望に襲われた。

ダレイオスの唇がレティの喉にふれ、手が白いブラジャーの中に滑り込む。彼女の胸の頂がうずきだしたとき、彼はブラジャーのホックをはずした。

ブラジャーが床に落ちた瞬間、ダレイオスが大きく息を吸う音が聞こえた。いまやレティが身につけているのは、ショーツだけになっていた。胸のふくらみを両手で包み込まれると、レティは頭を後ろに傾け、彼のたくましい肩をつかんだ。

熱くぬれたダレイオスの唇が硬くなった胸の頂を包んだとたん、レティは息をのんだ。唇での愛撫《あいぶ》に、稲妻のような衝撃が体を駆け抜ける。

ふいに、ダレイオスが体を離した。レティがまぶたを開け、口を開こうとすると、ダレイオスは彼女を抱え上げた。

彼はそのまま寝室に向かった。そこの両脇にも高さ六メートルの窓があり、摩天楼が林立するミッドタウンも、両脇を流れる二本の黒い川も一望のもとに見渡せた。

ダレイオスはレティの体をベッドに横たえた。その顔はなかば影になっていて、表情はうかがえない。そしてカフリンクスをはずし、シャツを脱いだ。

ダレイオスの鍛え抜かれた上半身を目にするのは、今夜がはじめてだった。彼は引き締まったウエストからベルトを抜き取り、乱暴に靴を脱ぎ捨て、黒いズボンだけの姿でベッドに上がった。

身をかがめたダレイオスに激しいキスをされ、レティは彼の欲望を感じ取った。のしかかるダレイオスの体は重く、彼にもとめられているのが実感できた。

二人の恋は永遠に終わった、という思いがレティの胸の奥にはあった。でも、ほんとうは何も変わっていなかったのだ。わたしと彼は十年前と同じ気持ちのまま、愛し合っている……。

ダレイオスは愛撫を続けながら、キスをする場所を少しずつ下にしていき、レティはわなないた。キスは彼女のおなかを越え、ついには白のコットンのショーツにたどり着いた。

彼が顔を上げる。「きみはぼくのものだ、レティ。やっとぼくのものになるんだ」

それから、ダレイオスは全身を押しつけた。レティは甘美な喜びの中で彼の背中に手をまわし、筋肉と背骨の感触を確かめた。腰と腰が密着すると、ダレイオスは力強く大きくて、欲望が彼女の下腹部で渦を巻いた。

白いコットンのショーツが引き下ろされ、魔法のように消えうせた。

レティの左右の脚を広げ、ダレイオスがベッドにひざまずいた。レティが息を殺してまぶたを閉じると、彼の唇が彼女の左右の土踏まずにふれ、ふくらはぎに移動する。膝の裏と太腿に吐息がかかり、レティは身を震わせた。ダレイオスの両手がヒップを包み込んだときには、腰も震えだした。

やがて彼は残酷なまでにゆっくりと、レティの両脚のあいだに顔を近づけた。

左右の太腿の内側に唇がふれたとき、レティは秘めやかな場所にも吐息を感じ、体をくねらせて逃げようとした。しかし、ダレイオスは彼女を放さなかった。

脚を大きく広げさせたまま、彼はたっぷり

とレティを味わった。強烈な快楽に、彼女は声をもらしそうになるのを必死にこらえた。

ダレイオスはレティの腰をベッドに押さえつけ、舌を使って至福を味わわせた。回転するような動きがもっとも敏感な部分を刺激したあとは、舌全体を大きく使った愛撫が始まった。

壁にピンで留められた蝶《ちょう》のように、レティは快楽で身動きが取れなくなり、気がつくと腰を浮かせていた。空高く飛んでいきそうな気がして、ベッドカバーを握りしめていた。

喜びの波が、つぎつぎに押し寄せては砕け散る。わたしはずっとこの人を愛していた。その彼がいまわたしを許し、もとめてくれている。愛してくれてもいるのだ……。

ダレイオスの唇の下で、レティはあえぎ、身をよじった。幸福のまっただ中で迎えたクライマックスは、永遠に終わらないかのように思えた。

体を起こした彼が、レティの両腕を頭の上に上げ、手首を枕に押さえつけた。ついで腰をレティの太腿のあいだに滑り込ませ、まだ歓喜の余韻がさめやらぬ彼女の中に容赦なく身を沈める。

途方もなく大きなダレイオスにあますところなく満たされ、レティは衝撃と苦痛で目を見開いた。

いったん身を引いてから、ダレイオスは勢

いを付けて同じ動作をくり返した。レティがたじろぐと、彼は驚きの表情になった。「きみは……バージンだったのか？」

レティはうなずき、まぶたを閉じて、あふれた涙を見られないように顔をそむけた。二人の最高の夜を、だいなしにしたくなかった。

ダレイオスはレティと結ばれたまま、身を硬くした。「ありえない」彼はかすれた声で言った。「十年間も、いったいなぜだ？」

レティは彼を見つめ、ずっと胸に秘めてきた、いま言える唯一の言葉を口にした。「あなたを愛しているからだわ、ダレイオス」

2

ダレイオスはレティを茫然《ぼうぜん》と見下ろした。

レティシア・スペンサーがバージンだと？

ありえない。そんなはずはない。

だが、それ以上に彼を驚かせたのは、レティの言葉だった。「〝愛している〟？　どういう意味だ？」

レティはまつげを震わせ、大きくて美しいはしばみ色の瞳でダレイオスを見上げた。

「ずっとあなたを愛していたの」

レティの美しい顔を見ているうちに、ダレイオスは激しい感情のうねりに圧倒された。しかしそれは喜びでもなければ、感動でもなかった。

わき上がったのは、冷たい怒りだ。

かつてのダレイオスはレティシア・スペンサーを心から愛し、彼女なしでは生きられないとすら思っていた。レティは天使であり、女神だったからこそ、純潔を守ろうと自分から言いだした。彼はレティと結婚したかったのだ。

思い出せば、屈辱でしかなかった。

だが、レティはとことん汚れてしまったらしい。今日届いたメールには、〝金銭と引き替えに自分の体を提供する〟と書かれていた。ダレイオスを冷酷に捨てたあの日から、実に十年ぶりの連絡だった。

午後じゅう、ダレイオスはメールを無視し、笑い飛ばそうとした。レティとの関係はもはや過去にすぎず、十万ドルと引き替えにベッドをともにするつもりはなかった。彼はセックスのために金を払う必要のない男だったからだ。女性たちはダレイオスの注意を引こうと必死で、電話一本かければ、スーパーモデルとさえ一夜をともにできた。

だがそのいっぽうで、最後にもう一度だけ会いたい、という思いも捨てきれなかった。

ただし、今度はレティが懇願し、ぼくが拒

絶する側になる。

同じ日の午後、ダレイオスは契約書にサインをし、ユーザー数五百万を誇る携帯電話用通信アプリを開発した自社を、二百億ドルで大手ハイテク企業に売却した。しかし、契約の詳細を説明する顧問弁護士の話も、彼の耳にはろくに入っていなかった。

十年間、死に物ぐるいで働いたすえに得た成果なのだから、有頂天になっても不思議はなかった。だが、ダレイオスは自分を裏切った女性のことばかり考えていた。頭はつぎつぎに生まれる妄想でいっぱいだった。エロティックなダンスで誘惑するレティシア・スペンサー。その彼女は黒いナイトドレスだけをまとい、ベッドをともにしてほしいと懇願している。

すべての書類にサインをすると、ダレイオスは祝福する人々にはかまわず、走るように会社を出た。もはやレティ以外は、何も考えられなかった。

やめておけ、とダレイオスは何度も自分に言い聞かせた。しかし気がついたときには、ブルックリンのダイナーを目指して車を走らせていた。メールには、彼女の仕事が終わる時刻が記されていたのだ。

レティとベッドをともにするつもりはなかった。ただ、かつて味わった屈辱と恥辱を、彼女にも味わわせてやりたかった。

いまのきみはちっとも魅力的じゃない、と言って、金を投げつけてやる。小切手を拾い、すごすごと逃げるぶざまな彼女の姿を、この目で見てやろう。

十万ドルくらい、どうということはない。赤っ恥をかくレティが見られるなら、その程度の金は惜しくない。レティはぼくを裏切った。彼女の体を好きにするくらいでは、この恨みは消えない。

少なくとも、会う前はそう考えていた。

ところが、計画は何ひとつ考えたとおりにいかなかった。ダイナーの前でレティを目にしたとき、ダレイオスは衝撃を受けた。化粧をしていない彼女は金で体を売るような女性にはとても見えず、身につけていたのもウエイトレスの白い制服だった。

にもかかわらず、彼はレティに心を奪われた。そんな服装でも彼女はたまらなくセクシーで、どんな男でも助けて力になりたがり、自分のものにしたがる気がした。

レティをペントハウスに連れて帰ったのは、復讐《ふくしゅう》のためだった。彼女には一度だけキスをするつもりでいた。

しかし、それが間違いの始まりだった。

柔らかな肢体を押しつけられたとたん、下腹部は荒々しく反応し、ダレイオスの頭から復讐の計画は消えた。十年前からずっと、彼はレティが欲しかった。その彼女が裸同然の姿で腕の中にいて、すべてを喜んで投げ出そうとしていてはどうしようもなかった。

その瞬間、ダレイオスは二つの事実を思い出した。レティは自分を売った。そして、ぼくは彼女を買ったのだ。

それなら、レティを自分のものにして何が悪い？　彼女の官能的な体を存分に楽しんで、過去にけりを付ければいいじゃないか。

再会したときからレティは演技を続け、あたかも二人がデートでもしているかのように振る舞っていた。ダレイオスはそんなレティの態度に驚いていた。

だが、いまはもう違う。

レティは生まれたままの姿でベッドに身を横たえ、きらめく瞳でダレイオスを見上げている。「何か言ってちょうだい」彼女は不安そうな面持ちで懇願した。

ダレイオスは奥歯を噛《か》みしめた。レティはぼくを裏切り、十年のあいだ連絡してこなかった。ところが、いまになって〝愛している〟などと言ってきた。ぼくは何と言えばいい？　地獄に落ちろ、か？

何と美しく、不実で、危険な女性だろう。

だが、ダレイオスはようやくその目的に気づいていた。レティの狙いは、一夜と引き替えに受け取る十万ドルではない。今夜の出来事はぼくの欲望をさらにかき立てるための、オードブルにすぎないのだ。

ダイナーから現れたときのレティの表情は、ダレイオスの目にまだ焼きついていた。どう見ても、彼女は仕事と貧しい暮らしに疲れている。もしかすると、刑務所を出たばかりの父親にアドバイスをされたのかもしれない――ダレイオスの花嫁になれば人生が一変するぞ、とか何とかと。

ぼくが会社を売却した記事を読んだ、とレティは言っていた。それで、ぼくを誘惑して財産を手に入れようと考えたのだ。

〝あなたを愛しているからだわ〟

またしてもダレイオスの胸に、怒りが込み上げてきた。

ぼくがこの十年で何も学ばなかった、とレティは思っているのだ。愛していると言えば、ぼくが足元にひれ伏すと考えている。

彼女に対する反感が、さらに大きくなった。

それでも、欲望は抑えきれなかった。ダレイオスはレティと結ばれたままで、興奮は冷めるどころか、いまや爆発寸前だった。

そのせいで怒りはいっそう募った。

彼はレティに思い知らせてやりたかった。ベッドの中で、一度屈辱を味わわせるだけでは充分とは言えなかった。

望んでいたのは復讐だ。

まずはレティをいい気分にさせ、期待を抱かせる。そのうえで、その期待を思いきり無残に打ち砕くのだ。いくつものアイデアがダレイオスの頭をよぎった。彼女と結婚し、子供を作る。ぼくを愛するように仕向けたあとではねつけ、すべてを奪ってから、一文なしで外に放り出してやろうか。

「ダレイオス？」レティの顔に不安の影がよぎった。

彼は顔を近づけ、やさしくキスをした。胸と胸、腰と腰を密着させると、腕の中にいる彼女が身を震わせた。

「痛い思いをさせてしまったんだね、いとしい人《アガペ・ムー》」心にもない台詞《せりふ》を言い、涙にぬれたレティの頬にそっとキスをする。「だが、すぐに平気になるから」それも嘘《うそ》だった。ダレイオスはレティの心に、生涯消えない痛みを刻みつけるつもりでいた。

レティはダレイオスを見上げ、吐息をもらした。そして彼にすべてをゆだねるために、体から力を抜いた。

そのあとのキスはやさしくはなく、荒々しく貪るようだった。ダレイオスは経験豊富だったから、彼女を魅了する方法がわかっていた。支配する方法も同様だ。

彼はレティの柔らかな体を、時間をかけてじっくり愛撫《あいぶ》した。

ダレイオスの肩に腕をまわし、レティが彼を引き寄せた。ダレイオスは腰の位置を変え、レティがどこまで受け入れられるのかを確かめようとした。レティはすすり泣くような声をあげ、大きく息を吐くと、自分から動いて彼を迎えたがった。

ダレイオスはゆっくりと後ろに下がり、それから体をぶつけた。レティが彼の肩をつかみ、まぶたを閉じる。彼女の胸の頂にキスをして顔を盗み見ると、その表情は悦楽に輝いているようで、ダレイオスは成功を確信し、意気揚々と体を動かし始めた。

自制心を保って身を進め続けるうち、ダレイオスの肌は汗にぬれていった。彼が腰を揺らすたび、レティの胸のふくらみが揺れる。彼女はあえぎながら、両手をベッドのヘッドボードについて、ダレイオスを受けとめていた。

まぶたを閉じていたレティが、首をのけぞらせ、ダレイオスの肩に腕をまわした。彼女の爪が肌に食い込むのを感じても、ダレイオスは気にも留めず、興奮にわれを忘れていた。ぼくはレティを手に入れたのだ。このすばらしい体も、甘美な肌も、すべてがぼくのものになった。

どこかから、くるおしい叫び声が聞こえた。それはダレイオス自身の声で、十年間抑えつけてきた心の叫びでもあった。レティの快楽のうめき声がそこに重なる。

最後の動きのあと、ダレイオスは体を震わせ、こらえていたものを解き放ってレティの上に倒れ込んだ。

しばらくしてダレイオスはまぶたを開け、腕の中で眠るレティを驚嘆とともに見つめた。これまでベッドの相手といえば、病的に色の白い、痩せすぎのスーパーモデルばかりだった。そんな女性たちで満足していた自分が信じられなかった。いま味わった炎のような出来事に比べれば、スーパーモデルとの関係はうつろで退屈な時間にすぎなかった。

今夜、ぼくは人生で最高のセックスを経験したのだ。

ところが、レティから体を離したとたん、ダレイオスは息をのんだ。

避妊具が破れている。

もちろん、避妊具はつけていた。いくら復讐を計画していても、どれだけ憎んでいても、レティを妊娠させて罪のない赤ん坊を二人の関係に巻き込むつもりはなかった。

ダレイオスは自分の目を疑った。どうして破れたりしたんだ？ ぼくが激しすぎたのか？ 彼女とひとつになってわれを忘れ、十年分の欲望を解き放ったのがまずかったのか？

レティの体には永遠に消えない烙印《らくいん》を押してやるつもりでいたが、妊娠となると話は別だ。

裸のまま体を起こし、ダレイオスはベッドを出た。窓に近づき、夜の闇にそびえる輝く摩天楼を見下ろす。

まずい。まさかこんな展開になろうとは。

完全に想定外だ。

レティのせいだ。何もかも彼女が悪い。

「起きたの？」レティの声が聞こえた。「ベッドに戻ってきて」

乱れた黒髪を枕に広げ、眠そうな顔でこちらを見るレティはたまらなく美しかった。

ダレイオスの下腹部が張りつめた。彼女を抱いたばかりなのに、ぼくの体はまだ満足していないのだ。彼はレティを奪いたかった。ベッドの上でも、立ったままでも、壁際でも窓辺でも。何度でも同じことをしたかった。

「ダレイオス、どうかしたの？」

「ぼくを愛している、ときみは言ったな？」

「ええ、そうよ」

「どういう意味だ？　新しい契約の交渉がしたい、というのか？　一夜じゃ充分ではないから期間限定のレンタルではなく、返品なしの買い取り契約を狙っているのか？」

レティは顔をしかめた。「いったい何の話？」

造り付けの美しいチェストの引き出しからスウェットパンツを取り出し、ダレイオスは身につけた。無理をして肩の力を抜き、彼女のほうを向く。「きみはぼくを愛してはいない。愛という言葉の意味さえ知らないはずだ。自分が一度はそんな女性を愛した、と考えるだけで吐き気がする。きみの正体はわかっているんだ」

「何を言っているの？」

「何も知らないふりはやめろ」

「だって知らないんだもの！」

「怒ったふりもやめるんだな。十万ドルでバージンを売ったくせに」

その言葉は暗い部屋を漂い、二人は無言で見つめ合った。「どういう意味？」

「メールに書いてよこしたじゃないか。一週間以内に十万ドル用意しないと、きみの父親は腕の骨だけでなく、全身の骨をギャングにへし折られる、と」

レティは目を丸くし、体を震わせた。「でも、わたしはメールなんて送っていないわ」

「それなら、誰が送ってきたんだ？」

彼女の頬は真っ赤に染まっていた。「あなたがわたしの前に現れたのは、それが理由だったの？　わたしをお金で買うため？」

「どういう理由だときみは思ったんだ？」

「わたしのしたことを……あなたが許してくれたんだと……」

「十年前のことを言っているのか？　ああ、いまではきみに感謝しているよ。きみが消えたあとのほうが、ぼくは幸福な人生を送れているから。フィアンセの姿がないのは、彼もきみの正体に気づいたせいじゃないのか？

ぼくはきみも、きみの父親も絶対に許さない。父はきみのせいで仕事と貯金を失い、早死にした。すべてをなくし、心臓発作で死んだんだ。何もかもきみのせいだよ」

「ダレイオス、あなたは誤解しているわ。わたしは――」

「今度は純真無垢《むく》な女を演じる気か？ それなら、演じてみるといい。あれは裏切りではなく、愛情の表れだったと説明してみるんだな。きみがぼくと父の人生をだいなしにしたのは、ぼくを愛していたからで、何もかも愛ゆえだった、と」

レティは口を開け、説明しようとした。けれど、言葉は出てこなかった。

ダレイオスは唇に冷たい笑みを浮かべた。

「昔のぼくは、そう思い込もうとしていたんだがな」

レティは苦悩の色を浮かべた目をしばたたき、小さな声で言った。「お願い……」

「もう一度きみに会ってみるのも面白い、とぼくは思ったんだ。ベッドをともにするつもりはなかったが、きみはその気だった。それでぼくは、別にかまわないだろうと考えた。しかし夜が明けるまで楽しむつもりが、あいにくもう飽きてしまってね。それから、実業家としてひとつアドバイスさせてもらうが、きみは自分を安売りしすぎだ。きみのバージンなら、もっと高い値段で売れたはずだぞ」

「どうしてそんな残酷なことを言うの？ ダイナーの前であなたを見たとき、わたしは思ったのに――この人は十年前と何も変わっていない、わたしが愛した男性のままだって」

「なるほど。きみがずっと純潔を守ってきたのは、バージンさえ投げ与えればぼくがまた虜《とりこ》になる、と思っていたからか。〝あなたを愛しているからだわ、ダレイオス。ずっと愛していたの〟」彼はあざけるように、レティの言葉と口調をまねてみせた。

「やめて！」レティは両手で耳を覆った。「お願いだからやめて！」

ダレイオスは彼女に背を向け、デスクに近づくと小切手帳を取り出した。ベッドに戻り、小切手を投げつける。「受け取るがいい。これで取り引きは完了だ」

レティは茫然と小切手を手に取った。

「つぎの客が待っているのなら、帰ってもかまわないぞ」ダレイオスは告げた。

彼女はまぶたを閉じ、押し殺した声で言った。「あなたは怪物だわ」

「ぼくが？」彼は低く無慈悲な声で笑った。

レティはダレイオスに背を向け、裸のままベッドを出た。ダレイオスは彼女の行動を見守った。小切手は投げ返されるのでは？　心のどこかでは、そう期待していた。

しかし、期待は裏切られた。レティはショーツを床から拾い上げて寝室のドアに向かっただけで、彼はおのれをあざわらった。彼女が名誉や誇りのために、金をあきらめるはず

がないだろう。ぼくもつくづく甘い男だ。万
レティが寝室を出てリビングルームに入る
と、ダレイオスはあとを追った。彼女はブラ
ジャーと靴とウエイトレスの制服を拾い上げ
た。ショーツをはき、制服を身につけてボタ
ンを留める。そのあいだ、彼とは目を合わせ
ようとしなかった。
彼女の視線をこちらに向けさせたい、とダ
レイオスは思った。屈辱を味わわせ、心に傷
を負わせてやりたかった。
レティはブラジャーをバッグに突っ込み、
靴をはいてペントハウスを出ていこうとした。
「残念だが、避妊具が破れていた」
「何ですって？」
「つけてはいたが、破れてしまったんだ。万
一妊娠したら、連絡してくれ」ダレイオスは
硬い笑みを浮かべた。「値段の相談をしよう」
彼の思惑はうまくいった。レティは振り返
り、驚愕《きようがく》の表情をした。「あなたはお金で、
わたしから子供を買うつもりなの？」
「金できみを買ったんだから、子供を金で買
っても不思議はないだろう？」
「あなたは頭がどうかしているわ！」
「きみにはいいかげん、うんざりした」冷や
やかな目で、ダレイオスが彼女との距離を詰
める。「ぼくの子供を、きみや犯罪者である
きみの父親に育てさせるつもりはない。その
ときは弁護士を百人雇ってでも、きみたち二

人を破滅させてやる」

レティは目を見開いてダレイオスを凝視していたが、やがて背を向けた。しかしその一瞬前、彼女の瞳は涙にぬれていた。たいした演技力だ、とダレイオスは思った。

「せめて家まで送って」レティが力のない声で言う。

「家まで送ってだと？　きみはぼくの客じゃない。ぼくのために働き、報酬を受け取っただけだ。そしてもう用はすんだ」ダレイオスの口角が上がった。「自力で帰るんだな」

3

レティは寒さに震えながら夜のミッドタウンを歩き、地下鉄の駅で急行に乗った。時刻は深夜一時を過ぎていた。人けのない車両に座ってハンドバッグを握りしめていると、耐えがたい孤独が押し寄せてきた。

ブルックリンに着いたあとは、高架駅の階段をよろよろと下りてアパートに向かった。通りは真っ暗で店はすべて閉まり、涙にぬれた頬に吹く二月の風は氷のように冷たかった。

ダレイオスと再会したときは、奇跡だと思っていた。彼は真実に気づき、わたしのもとに戻ってきてくれたんだわ、と。

〝愛している〟と告げたのは、ごく自然ななりゆきだった。きっとダレイオスも同じ言葉を返してくれる、と無邪気に信じていたからだ。

それが、どうしてこんなことに？

〝きみにはいいかげん、うんざりした〟

侮蔑に満ちたダレイオスの声は、まだ耳に残っている。レティは涙を拭き、寒さに身を震わせながら重い足取りで進んだ。

アパートにたどり着くと、電子ロックの暗証番号を打ち込んでドアを開ける。

中は外よりも寒い気がした。玄関ホールの二つの電球は、いっぽうが切れていた。真夜中だというのに怒鳴り声や犬の吠《ほ》える声、赤ん坊の泣き声が階段から聞こえてくる。酸っぱい臭いがする中、レティは鉄製の階段をのろのろと上った。みじめだった。

四階の廊下のカーペットはすり切れ、天井についているのは裸電球だった。隣人たちの部屋の前を抜け、ハンドバッグに手を入れて取り出した鍵でドアを開けると、蝶番《ちょうつがい》のきしむ音がした。

「レティ！　帰ってきたのか！」安楽椅子に座っていた父ハワードが、勢いよく顔を上げた。テレビを消し、期待に満ちた表情で尋ねる。「それで、どうだった？」

レティはドアを閉め、茫然《ぼうぜん》と父を見た。手からハンドバッグが滑り落ちる。「どうしてこんなことをしたの？」

「無事にダレイオスと、よりを戻せたんだろう？」父は満面に笑みを浮かべた。「そのための口実を作ってやったのさ！」

「本気で言っているの？」

「よりを戻せなかったのか？」

「戻せるわけがないでしょう！　どうしてわたしになりすまして、彼にメールを送ったりしたの？　しかも、体を捧《ささ》げる約束までするだなんて！」

「おまえの力になりたかったんだ」ハワードは口ごもった。「おまえはずっとダレイオスを愛していたくせに、自分から連絡を取ろうとはしなかった。ダレイオスもそうだ。それでわたしは――」

「わたしは、なに？　強引に再会を演出すれば、わたしたちがおたがいの腕の中に飛び込むと思っていたの？」

「ああ、もちろん」

怒りがレティの体を駆け抜けた。「わたしのためなんかじゃないくせに！」バッグから小切手を取り出し、突きつける。「目的はこれだったんでしょう！」

ハワードは震える手で小切手を受け取り、額面を確認して安堵《あんど》の表情を浮かべた。「ありがたい」

「どうしてこんなまねを？　なぜわたしを売り飛ばしたりしたの？」

「売り飛ばす？　わたしはおまえを売ってなどいないぞ！　おまえたち二人はきちんと話し合いさえすれば、おたがいが運命の相手だと気づくはずだ。ダレイオスが十万ドル払うにせよ払わないにせよ、ふたたび結ばれる運命にあったんだよ」

レティは目を細くした。「つまり父さんは、ダレイオスが会社を売って大金を手にしたことと、この件は無関係だと言い張るのね」

ハワードはたじろぎ、目を伏せると、震える声で言った。「わたしの個人的な問題もついでに解決しておこう、と思ったんだ……」

容赦のない言葉をぶつけようと、レティは口を開いた。しかしその瞬間、年老いて打ちひしがれた父の姿が目に入った。

白い髪は薄くなり、頭皮が透けて見える。端整だった顔からは肉が落ち、頬も大きくこけ、痩せて背中が曲がったせいで体は小さくなったかのようだ。刑務所で過ごしたのは九年だが、父は前より三十歳は老け込んでいた。

オクラホマの中流家庭に生まれたハワード・スペンサーは、人間的な魅力と数学の才能だけを元手に巨万の富を築き上げた。やがて彼はロングアイランドの名家のひとり娘、コンスタンス・ラングフォードと恋に落ちた。

ラングフォード家は格式こそ高かったが、巨額の借金を抱え、財産と呼べるものはフェアホルムと呼ばれる館と土地だけだった。それでもハワードはコンスタンスと結婚し、金銭面の心配は決してさせないと約束した。

彼は約束を守り、堅実な投資は幸運にも恵まれた。ところがコンスタンスの急死をきっかけに、無謀な投資にのめり込み始め、やがては詐欺同然のやり方で資金を集めたあげく、八十億ドルの損失を出した。

ハワードの逮捕から裁判までの数カ月は、レティにとってつらい日々だった。父親が刑務所に入ったあとは、いつもその身を案じていた。けれどそうした苦しみも、いまの父を目にするのに比べれば、ものの数ではなかった。丸くなった背中、悲しげな瞳、ギブスをした腕。そんな父親を見ているうちに怒りは消え、絶望にとらわれた。

ダレイオスの言葉が脳裏によみがえる。

〝一週間以内に十万ドル用意しないと、きみの父親は腕の骨だけでなく、全身の骨をギャングにへし折られる〟

レティはぞっとして顔を上げた。「腕を折られたことを、どうして話してくれなかったの？　事故のふりをしていたのはなぜ？」

「おまえに心配をかけたくなかったんだ」

「心配をかけたくなかった？」

父の青白い頬がピンクになった。「父親は

娘を守るもので、娘に守られるわけにはいかんのだ」

「つまり、ほんとうだったのね？　ギャングが父さんの腕の骨を折り、お金を返せと脅したというのは」

父はほほえもうとした。「だがこの小切手さえあれば、問題はすべて解決だ」

「話してくれればよかったのに」

「なぜだ？　話したところで、おまえには心配する以外何もできなかったはずだ。ダレイオスが金を払うかどうかは、わたしにも予測がつかなかった。だがどっちに転んでも、おまえはあの男のそばにいれば安全だ。再会さえ果たせば、おまえとダレイオスは以前のようにしあわせになれると考えたんだよ」

レティはソファのクッションに、ぐったりと体をあずけた。父は娘のためになると信じて、メールを送ったのだ。「でもダレイオスは、わたしがお金目当てで近づいてきたと考えていたわ」

「そんなはずはない！　メールはおまえが送ったものではない、と説明すれば――」

「彼は信じてくれなかったわ」

「だとしても……つまり、その……おまえが父親のためにつくす善良な娘だということは、ダレイオスも理解したはずだ。あの男は大金持ちだ。十万ドル程度の金は、気にも留めないだろう。何しろおまえは、あの男にすべてを捧げたのだからな！」

「やめてちょうだい」小切手を投げつけたときのダレイオスの表情を思い出して、レティは死にたくなった。

父が動揺した。「十年前に何があったのか――なぜ駆け落ちを拒んだのか、おまえはダレイオスに話さなかったのか？」

彼の辛辣な言葉を思い出し、レティはたじろいだ。〝それなら、演じてみるといい。あれは裏切りではなく、愛情の表れだったと説明してみるんだな。きみがぼくと父の人生をだいなしにしたのは、ぼくを愛していたからで、何もかも愛ゆえだった、と〟

「ええ。一生話すつもりはないわ。ダレイオスはわたしを愛していない。それどころか、前よりも憎んでいるはずよ」

ハワードが打ちのめされたような表情になった。「ああ、何てことだ」

「わたしも彼を憎むようになったわ。それが今夜唯一の収穫ね」

父が苦しげな顔をする。「わたしは、そんな結果を望んでいたわけじゃないぞ！」

「これでよかったのよ」レティは涙を拭き、無理にほほえんだ。「わたしは彼との別れを嘆きながら、ずいぶん時間を無駄にしてきた。でもそれも、今日でおしまいにするわ」

かつて愛したダレイオスは、もうこの世には存在しないとやっとわかった。わたしのダレイオスへの愛は燃えつきた。それなら、あとはすべて忘れるしかない。

しかし一カ月後、レティはそうはできないのに気づいた。ダレイオスを忘れるなんて、どう考えても無理だったのだ。

レティは彼の子供を妊娠していた。

陰性に決まっている、と思いながら検査を受けると結果は陽性で、レティは衝撃を受けた。けれど、赤ん坊を抱く自分の姿を想像したとたん、全身が幸福に包まれた。

彼女は検査結果を父に話した。

「わたしはお祖父《じい》ちゃんになるのか？」ハワードは大喜びした。「すばらしい！　ダレイオスにも連絡して――」

レティは寒気をおぼえた。この子はわたしひとりの子供ではなく、ダレイオスの子供でもあるんだわ。

あの人はわたしを憎んでいる。それどころか、わたしの手から子供を奪うと宣言した。

彼女は激しく首を振った。「妊娠を彼に話すつもりはないわ！」

「それはまずいだろう。ダレイオスに傷つけられて、おまえが腹をたてているのはわかる。だが、すべては過ぎたことだ！　男には、父親になったと知る権利があるんだ」

「なぜ？　憎いわたしから、彼が赤ちゃんを奪い取れるようにするために？」

「赤ちゃんを奪い取る？」ハワードは笑った。

「妊娠を知ったら、ダレイオスはまたおまえを愛するようになるさ。おなかの赤ん坊が、おまえとダレイオスを結びつけてくれる」

　レティはかぶりを振った。「父さんは楽観的すぎるわ。だって彼は……」

「何だ？」

　彼女は顔をそむけた。ダレイオスの冷淡な声が頭の中で響く。〝ぼくの子供を、きみや犯罪者であるきみの父親に育てさせるつもりはない〟「わたしたち、お金を貯《た》めないと」

「なぜだ？　結婚さえすれば、おまえは二度と金の心配をせずにすむ」父は有頂天になっていた。「永遠に大切にされるんだから」

　ダレイオスはわたしを傷つけたがっている、と言っても、父は信じないに違いない。レティは思った。でも、あの夜のダレイオスは本気だった。だったらできるだけ早く、この街を離れないと。

　刑務所を出たばかりの父には、まだ保護観察が付いている。そのあいだはニューヨーク州を出られないから、州の北部の小さな町に行こう。そこで新しい仕事を探すのだ。

　しかし、問題がひとつあった。引っ越しにはお金がかかる。レティと父親の生活に余裕はなく、毎日食べていくだけで精いっぱいだった。

　数カ月後、レティの不安は的中した。いくら働いても、お金が貯まらないのだ。ハワードは〝急にお金が入り用になる〟ことが多かったうえ、レティは産科の診察費を払わねばならず、父の腕の治療費もかかった。

レティは時間外勤務で収入を増やそうとした。しかしダイナーは目玉焼きやフライドチキンが売り物なので、夏の暑い時期は客があまり来ない。彼女の勤務時間は増えるどころか、減るいっぽうだった。

レティが仕事に出かけるとき、父は新聞の求人欄を広げていたものの、いつも読んでいるふりをしているにすぎなかった。妊娠したせいで、レティはつねに疲れていた。それでも仕事から戻ると、眠気と闘いながら自分と父のために夕食を作った。ベッドに入るのは食器を洗ったあとで、そのくり返しが毎日続いた。

蒸し暑いニューヨークの八月が終わるころには、父のぶかぶかのシャツを着ても、せり出したおなかをごまかしきれなくなった。いまやダイナーの誰もが、レティの妊娠に気づいていた。友人のウエイトレス、ベル・ラングトリーは何度も彼女をからかった。

「この子のお父さんは誰？　白馬の王子さま？　わたし、あなたが黒髪の男性のスポーツカーに乗るところを見たのよ」

違う、あの人は白馬の王子さまなんかじゃない。わたしから赤ん坊を奪おうとしている、血も涙もない怪物だ。

アパートは契約期限が迫っていて、これ以上ぐずぐずしてはいられなかった。ダイナーには、二週間後に辞めると告げた。蓄えは充分ではないけれど、もう時間がない。

九月一日、レティは早朝のバスルームで顔を洗い、鏡に映った自分の顔を見た。

今日が行動する日よ。

引っ越し用のトラックを借りるお金さえなかったため、彼女と父親はスーツケースを持って、バスで出発するつもりだった。

レティはいまや妊娠七カ月だった。大きくなったおなかに手を置くだけで、胸が高鳴る。超音波検査はすでに受けていて、子供は男の子だと判明していた。つまり約三カ月後の十一月の終わりには、わたしはこの手に赤ん坊を抱くことになる。

でもひょっとしたら赤ん坊を奪われて、泣き暮らしているかもしれない。

〝万一妊娠したら、連絡してくれ。値段の相談をしよう〟

レティはぞっとした。もっと早いうちに街を出るべきだったのだ。狭苦しいキッチンに入り、できるだけ明るい口調で言う。「今日、最後のお給料が出るから、それでバスの切符を買うわね」

「ロチェスターに行かねばならん理由が、いまだに理解できん」ハワードは顔をしかめた。

レティがため息をつく。「説明したはずよ。

ロチェスターには友達のベルの知り合いがいて、その人がわたしを雇ってくれるかもしれないの。父さんは荷造りをしておいて」

「今日は予定があるんだが」

「父さん、アパートの契約はあと二日で切れるわ。スーツケースに入りきらないものは、廃品回収業者に引き取ってもらうしかないの」レティは胸に痛みをおぼえた。ここに置いていくものはがらくたでしかないけれど、彼女と父親に残された最後の財産でもあった。フェアホルムやレティの母と二人をつなぐ、最後の絆《きずな》だった。

「妊娠したと、ダレイオスに告げればすむ話じゃないか」

「それは無理。前にもその話はしたはずよ」

「何をばかなことを。男はわが子の面倒を見るべきだ。わたしだって永遠におまえの面倒を見られるわけじゃないんだぞ、レティ」

父がわたしの面倒を見る？　いったいいつの話？　いまはわたしが父の面倒を見ているのに。レティはため息をついた。「どうしてわたしの話を信じてくれないの？」

「ダレイオスのことなら、わたしも子供のころから知っている。怒りを解くことさえできれば、あの男は寛大な心で――」

「彼の寛大な心に期待するなんて、ギャンブルと同じだわ」レティは苦々しげに言った。

「おまえさえよければ、わたしが電話をかけて――」

「やめて！　こっそり彼と連絡を取ったら、わたしは死ぬまで父さんと口をきかないから。わかる？　死ぬまでよ」

「わかった、わかった。だが、ダレイオスは赤ん坊の父親だぞ。本来なら、おまえはあの男と結婚し、しあわせをつかむべきなんだ」

レティはしばし言葉を失った。「とにかく、わたしが戻るまでに荷物をまとめておいて」

彼女はそう言うと、雨のそぼ降る九月の街に出た。ダイナーで最後の給料である小切手を受け取り、ベルに別れを告げる。

「何かあったら、いつでも連絡してね」ベルはレティをしっかりと抱きしめた。「あなたがロチェスターにいようと、ローマにいようと、電話一本で駆けつけるから！」

ベルはフェアホルムを離れたあとにできた、レティのただひとりの友達だった。それだけに彼女と別れるのはつらかった。しかし、レティは何とかほほえもうとした。

「あなたも連絡してね、ベル」涙を拭き、ダイナーの他のスタッフにさよならを言い、雨の街に戻った。小切手を現金化し、ロチェスター行きのバスの切符を二枚買う。

アパートに戻ったときは、髪も服も雨にぬれていた。部屋に父の姿はなく、スーツケースは空のままで、すべてが朝出かける前と同じだった。

自分で荷造りするしかなさそうね。レティはものうげに心の中でつぶやいた。

ハワードは投資で八十億ドルを失ったが、その後三十億ドルは取り戻していた。しかし裁判所の追及は苛酷で、返済にあてられそうな品はひとつ残らず取り上げられた。

狭いアパートは、差し押さえを受けなかった品でいっぱいだった。レティの母が音楽大学で使っていた音の出ないフルート。レティの誕生日プレゼントにするため、母がみずから色を塗った陶器の動物。水をかぶって市場価値がなくなった、革の装丁がされた祖父の蔵書。母が手作りしたクリスマスの飾り。そのすべてを置いて、出ていかなければならないのだ。

この苦しみを乗り越えなくては、とレティは自分に言い聞かせた。幸福をつかむチャンスは、まだ残っている。花が咲く庭付きの家をいつか手に入れて、この子を大切に育てよう。わたしが昔そうだったように、わたしの息子もしあわせな日々を送るのだ。

レティは思い出の品の整理を始めた。今夜は徹夜で掃除をしよう。部屋がきれいなら、大家は保証金を返してくれるかもしれない。

そのとき、ドアを乱暴にノックする音が聞こえ、レティは安堵とともに立ち上がった。荷造りを手伝うために、父が戻ってきたんだわ。ノックしているのは、また鍵を忘れたからなのよ。

ドアを開けて、レティは息をのんだ。

目の前に立っていたのはダレイオスだった。

あれほど憎み恐れていた相手なのに、ほんの一瞬、彼女は彼の荒々しく男らしい魅力にめまいをおぼえた。

「レティ」彼はぬくもりの欠けた口調で言い、彼女のふくらんだおなかに目をやった。

レティはダレイオスの鼻先でドアを閉めようとした。

だが、ダレイオスはたくましい肩でドアを押さえ、部屋の中へ強引に足を踏み入れた。

4

半年前のダレイオスは、ただ復讐《ふくしゅう》だけを考えていた。そして、みごと目的を果たした。レティシア・スペンサーのバージンを情け容赦なく奪い、彼女を凍《い》てつく冬の路上に放り出した。誘惑して侮辱し、小切手を投げつけてはずかしめた。

復讐の味は甘美だった。

ところが彼は、復讐の代償を支払う羽目になった。

ギリシアの島で生まれ育ったダレイオスは、幼いころに何度も祖母に言われた――〝復讐する者は、それによって自身も傷を負うのよ〟と。同じ学校に通う子供たちは、非嫡出子として生まれたダレイオスをからかった。しかし祖母は、〝相手にせず、正しい道を歩みなさい〟と彼に告げた。

ダレイオスは祖母の言いつけを守ろうとした。だが少年たちのあざけりはさらに悪質になり、我慢しきれなくなったダレイオスは彼らに殴りかかった。結局全員が怪我《けが》をしたが、いちばんひどい傷を負ったのはダレイオスだった。四対一の喧嘩《けんか》だったからだ。

〝言ったとおりになったでしょう〟祖母は孫に包帯を巻きながら言った。〝復讐したせいで、おまえは傷を負ったのよ〟

それでもダレイオスは、自分の復讐は正当だったと考えていた。それ以来、少年たちは彼をからかわなくなったからだ。

ところが今度ばかりは、祖母の教えが正しかったようだ。レティに復讐したばかりに、ぼくは予想外の傷を負ってしまった。

あの夜、ダレイオスは彼女とベッドをともにした。しかし欲望の炎は消えるどころか、さらに激しく燃え上がっただけだった。

レティが欲しかった彼は、この半年、彼女からの連絡をひたすら待っていた。おそらく、レティは怒っているだろう。だが怒りさえ治まれば、関係の修復に乗り出すはずだ。ぼく自身に関心がなくとも、ぼくの財産には興味があるに違いないから。

ところが、レティは一度も連絡してこなかった。〝愛している〟と告げたときの、彼女の思いつめたような表情を思い出すたび、ダレイオスは思った。ぼくはとんでもない勘違いをしていたのでは？

欲望にさいなまれているせいで、ダレイオスの神経はいつも張りつめていた。会社はすでに売却していたが、円滑に経営権を譲渡するため、向こう一年間は最高経営責任者《CEO》の地位に留まるつもりでいた。ところが契約からわずか数週間後、売却先の大企業の経営者と衝突し、彼は会社を辞めた。いまさら他人の下で働く気にはなれなかった。だが、売却の際に取り交わした契約書には、今後は同じ分野での起業を禁じる条項があった。

ダレイオスはこの十年間、一日二十時間働いてきた。その生活を奪われたいま、どうやって時間をつぶせばいいのか見当もつかなかった。彼は試しに大きな買い物をしてみた。レース用の車を一台買い、さらに十台買い足し、レース場も手に入れた。飛行機を四機購入し、内装をすべて違う色にした。それでも心は満たされず、危険なスポーツにも挑戦した。しかしスカイダイビングをしても、高い山の頂からスキーで滑り下りても、あくびが出ただけだった。

　ダレイオスは退屈していた。いや、単に退屈なだけではなく、いらだち、腹をたてていた。時間と金は無尽蔵にあるのに、ほんとうに欲しいものが手に入らなかったからだ。

　レティが。

　彼はいま、そのレティを目の前にしていた。彼女はあまりにも美しく、そのおなかはあまりにも大きかった。

　レティは妊娠している。ぼくの子供を身ごもっているんだ。

　ぶかぶかのTシャツにサイズの大きすぎるジーンズ姿でも、レティはたまらなく魅力的だった。ふくらんだおなかの曲線さえセクシーなうえ、肌はつややかで、胸はいっそう豊かになっている。「ほんとうだったんだな」

　ダレイオスは低い声で言った。「きみが妊娠している、という話は」

「ほんとうだったら、何だというの？」

「ぼくの子供なんだな？」

　レティの目がぎらりと光った。「どうしてそんなふうに考えるの？　あなた以外にも十人の男性と関係を持ったかもしれないし、それどころか百人の男性と――」

「見え透いた嘘《うそ》だな」

「なぜ言いきれるの？」

「きみの父親から話を聞いたからだ」

　彼女が青ざめる。「父から？」

「きみの妊娠について話をするから金を払ってくれ、と言ってきたんだ。拒否したら、勝手に話し始めた」

「父の話は嘘かもしれないわ」レティは力のない口調で言った。

「座って水でも飲んだらどうだ。話はそれからにしよう」

レティは青ざめた顔で、ソファにぐったりと腰を下ろした。キッチンがどこにあるか、ダレイオスはすぐにわかった。アパートは哀れなほど狭かったからだ。

周囲を見まわして、ダレイオスは茫然《ぼうぜん》とした。部屋数が四十もある豪邸で生まれ育ったレティが、いまはこんな場所に住んでいるとは。かつてレティの母親が花を飾っていたサンルームのほうが、ここよりよほど広かった。

電話ボックスのように小さなキッチンに足を踏み入れると、床のリノリウムははげかかり、窓には防犯用として鉄格子がはまっていた。窓の外に見えるのは、となりのアパートの壁と排気管だ。鉄格子のせいで、そこはまるで牢獄《ろうごく》のように感じられた。

これでもレティと父親には贅沢《ぜいたく》すぎるくらいだ、とダレイオスは自分に言い聞かせた。ここは、ぼくが育ったヘラクリオス島の家よりもましだ。なぜなら電気も来ていれば水道もあり、片親だけとはいえ親もいる。

ダレイオスは生後二日で、親に捨てられた。

失業中だった彼の父エウゲニオス・キュリロスはある雨の日、生まれたばかりの息子が玄関の前で泣き叫んでいるのを見つけた。裕福だが甘やかされて育った父の元恋人は、望まずして生まれた息子をバスケットに入れて置き去りにしたのだった。

エウゲニオスは、新しい仕事を見つけられない状況にあった。娘の純潔を危険にさらしてまで、運転手を雇う資産家などいるはずもなかったからだ。働き口を探そうと必死だったエウゲニオスは、幼い息子を自分の母に託してアメリカに向かった。

ダレイオスが父とはじめて言葉を交わしたのは、祖母の葬儀の席だった。十一歳だった彼はその後、父に連れられてギリシアを離れ、アメリカに渡った。

当時のダレイオスにとって、フェアホルムはまるで宮殿だった。エウゲニオスはその宮殿に君臨する王――ハワード・スペンサーの運転手をしていた。

ところがスペンサー家の当主と娘は、いまや極貧にあえぐありさまだ。

ダレイオスがヘラクリオス島の祖母のあばら屋を取り壊し、豪華な屋敷を建てたのは何年も前のことだった。マンハッタンのペントハウス、スイスの山荘、ロンドン郊外に自動車レース場も所有する彼の財産は、人々の想像を超える水準に達していた。

いっぽうハワードとその娘は、この狭苦しいアパートで暮らしている。

ダレイオスは、窮屈なキッチンでグラスに水道の水をついだ。勝利の喜びはわき上がってこなかった。みすぼらしいリビングルームに戻り、レティにグラスを渡したとき、床に置かれた毛布と枕が目に入った。

「誰がソファで眠っているんだ？」

彼女は頬を染めて目を伏せた。「わたしよ」

「きみが家賃を払っているのに、寝室を使っているのは父親なのか？」

「父は最近、寝つきがよくないの。ぐっすり眠ってほしいから」

「だが、きみは妊娠している」

「あなたには関係ないわ」

空のスーツケースに、ダレイオスは視線を向けた。「どこに行くつもりだったんだ？」

「あなたの目が届かない場所」

ダレイオスはレティを見た。ハワードから話を聞いた彼は、私立探偵を雇い、レティに関する情報を集めさせていた。その結果、彼女がウエイトレスの仕事を辞めたことがわかった。だがダイナーのスタッフで、彼女が男といっしょにいるところを見た者はいない。ベルという名のウエイトレスは唯一の例外だったが、彼女が目にした男とはほかならぬダレイオスのようだった。

どうやら、ぼくは誤解していたらしい。レ

ティは金目当てで男に近づくような女性ではなかった。

ぼくはレティを色眼鏡で見ていた。十年前、レティは〝あなたよりお金のある男性を選んだ〟と告げ、ぼくの心を傷つけた。あのときからぼくは、彼女は金のことしか考えない女性だと信じるようになった。

ダレイオスの母カーラ・ハルキアスも、同じような理由で生後二日の息子を捨てた。カーラにとってダレイオスは、お抱え運転手との火遊びの結果できた邪魔者にすぎなかった。彼女は最初から、自分にふさわしい身分の男と結婚するつもりでいた。重要なのは財産であり、財産が保証する社会的地位だった。

だが、レティはそんな女性ではなかった。

ダレイオスはレティの横に腰を下ろした。「妊娠がわかったのに、なぜぼくのところに来なかったんだ？」

「あなたはお金を出して子供を買い取る気だったわ。拒否するなら、わたしと父を破滅させると言ったでしょう」

彼女の口から聞かされると、半年前に口にした言葉はひどく残酷に響いた。「水を飲んだらどうだ？」

「どうして？　何か入れたの？」レティはグラスの匂いを嗅いだ。「麻薬でわたしを眠らせて、ペントハウスに拉致するつもり？」

ダレイオスは鼻を鳴らした。「キッチンの

蛇口の水だ。別に飲まなくともかまわないが、きみは顔色が悪すぎるぞ」

レティはダレイオスを見つめ、それからグラスの水をためらいがちに口にした。

ダレイオスは狭苦しいアパートを見まわした。「どうしてこんなところで暮らしているんだ？」

「五つ星ホテルのスイートルームに空きがなかったの」

「ぼくは本気できいているんだ。なぜニューヨークに留まっている？ 誰もきみやきみの父親を知らない、西部の町に行くことだってできたはずだ」

レティは激しくまばたきをした。「父を見捨てるわけにはいかないわ。だって、愛しているんだもの」

あの男は嘘つきで、詐欺師だから、レティの愛情を勝ち取るくらい朝飯前なのだ。しかも彼女は、あの男と二人でぼくの子供を育てるつもりだ。ぼくの父を死に追いやった男なのに。ダレイオスは歯ぎしりをした。「体は大事にしているのか？ 医者には診てもらっているんだろうな？」

「もちろんよ」レティは傷ついたように答えた。「どうしてそんなことをきくの？」

「きみが最近まで、一日じゅう立ち仕事をしていたからだ。おまけに、こんな部屋で暮らしている」腹立ちをおぼえながら、ダレイオスはみすぼらしい部屋を身ぶりで示した。

「ぼくたちの子供は、もっといい環境で育つべきだと思わないか？」

レティはダレイオスをにらんだ。「わたしだって、もっといい環境を用意してあげたかったわ！　すばらしい父親だって与えてあげたかった。でも、この子の父親は最低の男性だった。ダレイオス、あなたのことよ！」

「十年前なら、きみもぼくのことを最低の男とは思っていなかったはずだ」

「そんなに十年前の話がしたいの？　わかったわ、それならしましょう」レティは一瞬、目を閉じた。「わたしが駆け落ちの約束を破ったのは、あなたを守るためだったの」

「ぼくを守る？」

「ええ。駆け落ちをするその日、父に言われたの。父が運営している投資ファンドは何年も利益を産んでいなくて、新しい出資者のお金を古い出資者にまわしているだけだって。FBIはすでに動きだしていたから、つぎに何が起こるのかは、わたしにも予想がついたわ。そこにあなたを巻き込みたくなかったの。あなたには大きな夢があったし、会社も立ち上げたばかりだったし……」レティは大きく息を吸い込み、ささやくように言った。「そんなあなたの人生を、だいなしにはしたくなかったの」

「嘘だな。きみはぼくを捨てて、ほかの男を

──金持ちの男を選んだだけだ。きみはメールに何と書いていた？　〝その人はお金持ちで、贅沢な暮らしを保証してくれる〟だったか？　だがその男も、役には立たなかったようだな。どうせハワードが逮捕されたとたん、きみを見捨てたんだろう」

「わたしは誰にも見捨てられたりしなかったわ」レティは低い声で笑った。「あなたの言う〝ほかの男〟なんて、最初から存在しなかったんだもの」

「何だって？」

「それがあなたと別れる、唯一の方法だったた」レティはわざと明るく付け加えた。「わたしはあなたの弱点を知っていたの」

「ぼくの弱点だと？」

「あなたはいつも言っていたわ、男の価値は金で決まるって。ただ別れたいと言ってもあなたが納得しないことは、最初からわかっていた。だから、あなたが納得する理由を用意したの。あなたよりお金のある男性を選んだ、という理由を」

「適当なことを言うな」

「わたしは昔から嘘が下手だった。でも、あなたはわたしの話を信じて、それきり二度と連絡してこなくなったわ」

あの日のことを思い出したとたん、ダレイオスの頬が熱くなった。レティの言うとおりだ。かつてのぼくは、頭がどうにかなるほどレティを愛していた。どんな犠牲を払ってでも、彼女を手に入れるつもりでいた。しかしその思いは、貧乏な男とは付き合えないと告げられて一変した。ぼくはレティの言葉を一瞬で信じた。男の価値は金で決まる。金のない男に価値などないのだ。

「だったら、ぼくの父はどうなんだ?」ダレイオスはかすれた声で尋ねた。「運転手を辞めさせたのも父を守るためだった、と言うつもりか?」

「ええ、そのとおり。あなたを思い出したくないから、エウゲニオスも辞めさせてほしい、とわたしが父に頼んだの。破綻寸前の投資ファンドを救うために、父があなたのお父さんの貯金に目を付けるかもしれないと思ったから。あなたのお父さんは忠実な使用人だったから、きっと貯金を差し出したはずだもの」

「ああ、そうだ」ダレイオスは吐き捨てるように言った。父はつねに、息子より雇い主のほうを大切にしていた。

エウゲニオスは息子の学校行事には一度たりとも顔を出さず、ハイスクールの卒業式にさえ出席しなかった。ハワードの十台の高級車を完璧に整備し、ぴかぴかに磨いておくこと――それこそがエウゲニオスの人生においてもっとも重要だったのだ。

エウゲニオスは、息子に食べ物と衣服と寝る場所は与えた。しかし父と息子の心がふれ合うことはなく、まともな会話をしたことは一度もなかった。

だがあの運命の日、ぼくは父にむき出しの感情をぶつけた……。苦痛に満ちた記憶を、ダレイオスは必死に頭から振り払った。

レティはため息をついた。「早く出ていってもらわないと、あなたのお父さんはすべてを失ってしまうと思ったのに、すでに手遅れだったの。あなたのお父さんは何年も前に、老後の蓄えを父に渡していた」

「ハワード・スペンサーは詐欺師だ。あの男は他人の人生をだいなしにしてきたんだ」

「たしかにそうね」レティは唇を噛《か》んだ。

「でも、悪気があったわけじゃないの」

「いま、あの男が苦しんでいるのだとしたら、当然のむくいだな」

「ええ、父はずっと苦しんでいるわ。逮捕されてから判決が下るまで、わたしは父のために強くなろうとした。刑務所に入れられたあとは、面会日にはかならず会いに行って励ましていたわ。でも、あのころはとても怖くて孤独だった」レティは弱々しい笑みを浮かべた。「そんなわたしの唯一の心のささえが、あなただったの」

「ぼくが?」

「少なくとも、あなたのことは巻き添えにせずにすんだから、自分の夢を追うことができたでしょう?」

「感謝しろと言いたいのか？」

「そうじゃなくて――」

「父親の不正行為に気づいた時点で、きみはぼくに知らせるべきだった」ダレイオスは硬い声で言った。「ぼくは未来の夫だったんだからな。ところがきみは嘘をつき、ぼくを自身の人生から締め出した。助けをもとめるより、〝フィアンセのために犠牲になった自分〟に酔いしれるほうを選んだんだ」

「違うわ。あなたは誤解して――」

「きみはぼくを軽んじていた。ぼくの知性も、判断力も、意志の強さも評価していなかったんだ」

「軽んじていた？　いいえ、わたしはあなたを愛していたの。でも、そのあと二人の未来がどうなるかは予測できた。あなたをトラブルには巻き込みたくなかったの。あのころのあなたは、まだ何も――」

「そのとおり。あのころのぼくは、まだ何も手にしていなかった。金もなく人脈もなく、弁護士を雇うことも、政治家に口利きを頼むこともできなかった。だからきみは、ぼくがいても役に立たないと考えたんだな」

「そうじゃないわ」レティは真っ青になった。「あなたは父の一件とは、何のかかわりもなかったから――」

「ぼくはきみのフィアンセだった。それなら、かかわりはあったはずだ。真実を知らされていれば、ぼくはきみを守り慰めた。ところが、きみはそのチャンスを与えなかった。ぼくを信じていなかったからだ」

レティが押し殺したような声で言った。

「ダレイオス――」

彼はさっと手を上げて制した。「いまのぼくには巨万の富がある。何もかもが変わったんだ。だがきみは、今回もぼくとの関係を絶とうとした。おなかの子が生まれたら、どんな話をするつもりだったんだ?」

「わからないわ」彼女は小さな声で答えた。

「父親がいない理由を、どうやって説明する? 〝お父さんはあなたを望んでいなかった〟とでも言う気だったのか?」幼い日の悲しみと痛みに、ダレイオスはわれを忘れそうになった。「〝だから自分の子供を捨てたのだ〟と、話すつもりだったのか?」

レティは叫んだ。「あなたは言ったわ、子供をわたしの手から奪い取ると。だとしたら、逃げる以外に方法がないでしょう!」

ダレイオスは歯を食いしばった。ぼくの子供は、愛情に満ちた環境で育つべきだ。決して揺らぐことのない、安定した世界に身を置き、愛されていると実感しながら日々を送らなくてはならない。

その瞬間、怒りで曇っていた視界がふいに開け、どうすればいいかがはっきりした。

ぼくたちの子供には父親と母親が必要だ。

この十年のあいだ、ダレイオスはかつてのレティを――心やさしかった彼女を忘れようとしてきた。

ところが、レティが十年前に嘘をついたのは、ぼくを軽んじていたからではなく愛していたからだった。レティはぼくを守ろうとしたのだ。ちょうどいま、父親を守ろうとしているように。

さらにレティは、おなかの子も守ろうとしている。

レティはぼくを裏切ってなどいなかった。それどころか、ずっと愛していたのだ。少なくとも、二月のあの夜までは。十年前のレティは間違った判断をし、ぼくに嘘をつき、父親の投資ファンドが破綻しかけていることを隠していた。そして今回も、また間違った行動を取ろうとしている。子供を宿したまま、ぼくのもとから逃げようとしているのだ。

だが、レティひとりが悪いわけじゃない。ぼくは彼女につらく当たり、子供を奪うと脅した。レティがおびえるのも当然だ。

いかなる理由があっても、母親と子供を引き離してはならない。ぼくは身をもって学んだはずだ――母親もなく、父親もなく、居場所もない人生がどんなものなのかを。

赤ん坊には両親と家庭が必要だ。

それならぼくはもう一度、レティの信頼を勝ち取らなくてはならない。この難問はどうすれば解決できるんだ？

答えは簡単だ。レティと結婚すればいい。

それが子供の未来を守る唯一の方法だ。結婚さえすれば、子供に両親と家庭を与えられる。「ぼくはきみを誤解していたようだ」

レティはダレイオスをにらんだ。「そのとおりだわ！」

「きみにつらく当たりすぎた。だから、その埋め合わせをしたい」彼はレティのほうへ身を乗り出した。「ぼくと結婚してくれないか、レティ」

彼女は口をあんぐりと開けた。「結婚ですって！」

「何もかもきみが悪い、とぼくは信じてきた。だが、悪いのはきみではなく――」

「やめて」

「きみの父親だ。あの男はきみの人生をだいなしにした。だがぼくたちの子供まで、同じ目に遭わせるわけにはいかない」

レティは目を見開き、大きなおなかを両手で抱えた。「どうかしているわ。父はわたしのこともこの子のことも愛しているのに！」

「別のギャングがハワードを襲ったら、どうするんだ？　そのギャングがハワード本人ではなく、家族を狙おうと考えた場合は？」

複雑な表情がレティの顔をよぎる。「ありえないわ、そんなこと……」

「ああ、ありえないとも。なぜなら、きみと赤ん坊はハワードのもとを離れて、ぼくのもとに来るからだ」ダレイオスは立ち上がった。

「まずは婚前契約書にサインしてくれ」

「いやよ。あなたと結婚なんてしないわ」

レティはふざけているわけじゃない、とダレイオスは気づいた。照れているわけでもない。本気でいやがっているのだ。

ダレイオスは途方にくれた。ぼくとの結婚を望む女性なら、掃いて捨てるほどいる。レティは仕事もなく、蓄えもなく、苦難のまっただ中にいる。プロポーズさえすれば、大喜びで受け入れると思ったのに。「とにかく、結婚はしてもらうぞ」

「憎み合っているのに？　遠慮しておくわ」

「きみはちゃんと考えているのか？」腕を組み、ダレイオスは冷たい目を向けた。「ぼくには裁判を起こすこともできる。きみが母親として不適格で、子供を不用意に危険にさらしていると法廷で主張してもいいんだぞ」

レティは立ち上がると、身長が三十センチは高く、体重が三十キロは重いダレイオスと正面から向き合った。その瞳は鋭い光を放っている。「だったら、起こしてみるといいわ」

ダレイオスは思わず笑いそうになった。レティのこういう一面をすっかり忘れていた。彼女は自分のためではなく、ほかの誰かのために闘うときのほうがずっと手ごわい相手になるのだ。

「法廷で親権を争ってぼくに勝てるのか？　評判を落とすと承知のうえで、ハワード・スペンサーの娘に力を貸す弁護士が、この世に何人いると思っているんだ？」

レティは屈辱に頬を赤らめながら、背筋を伸ばした。「試してみなくちゃわからないわ」

しかし強がりつつも、その顔は悲しげだった。

ダレイオスは大きくなったおなかと豊かな胸を見つめ、レティは女性が望むすべてを兼ね備えていると思った。男なら誰でも、理想の妻だと考える女性だ。

彼は法廷に立つレティを想像した。優秀な弁護士であれば、冷酷非情な億万長者に脅されている、何の罪もない貧しく哀れなウエイトレスとして、彼女の悲惨な状況をうまく判事に訴えるはずだ。どれだけやり手の弁護士を雇っても、ぼくが確実に勝てるという保証はない。いや、負ける可能性も低くはないだろう。

ダレイオスは作戦を変えることにした。

「ぼくたちの子供にふさわしいのは、法廷で争う父親と母親なのか？　こんなアパートで暮らすことなのか？」彼ははがれかけた壁紙と、ひびの入った天井を手で示した。「ぼくたちの子供は父親の保護さえ受けられずに、貧困の中で育たなければならないのか？　ぼくはこの子に、与えられるものをすべて与えたいんだ。きみは自分のプライドを守るために、子供を苦しめるつもりか？」

レティの顔には葛藤がはっきりと表れていた。どうやら望んでいたものが――彼女の全面降伏が手に入りそうだ、とダレイオスは思った。

「結婚生活はそれなりにうまくいくはずだ。男の子か女の子かは知らないが、生まれてくる子供を最優先に考えればいい」

「男の子よ」

「男の子なのか！」漠然としていた赤ん坊の存在が、ふいに現実味を帯びてきた。息子が笑ったり抱きついてきたりする姿が頭に浮かんで、決意がいっそう揺るぎないものになり、ダレイオスは足を一歩前に踏み出した。「ぼくと結婚してくれ、レティ」

彼女は当惑して唇を噛んだ。「そんなことをしたら、つらい思いをするわ。わたしだけじゃなく、あなたも。わたしがどれだけ世間の人たちに憎まれているか、知らないの？」

「ぼくと結婚すれば、状況は改善する」

「あなたはわかっていない。わたしがどれほどひどいことを――」

「大げさに考えすぎだ」これでぼくの勝利は確定したな、とダレイオスは思った。とたんにレティが欲しくなり、欲望に身をよじる彼女の裸身が脳裏に浮かんで、いますぐペントハウスに連れて帰りたくなった。だがそこで、彼は忘れていたことを思い出した。「今夜、ぼくが主催するチャリティ・イベントがある。〝秋の舞踏会〟だ」

「今年はあなたが主催者なの？」

「そこでぼくたちの婚約を発表しよう」

「だめよ！」

「ぼくにまかせてくれれば大丈夫だ」

「でも……」

「何だ？」

レティの表情が陰った。「わたしはもうあなたを愛していないわ」

心の奥底で不思議な感情が揺らめいた。ダレイオスは、その正体が何なのかわからないままたたきつぶした。

「きみの愛は必要ない。ぼくもきみを愛するつもりはない。愛情は子供にそそげばいい。ぼくのプロポーズを受け入れてくれ」なおもためらっているレティに、ダレイオスはわざと一歩下がった。「受け入れないなら、いますぐ弁護士のところに行く」

レティは悲しげなため息をついた。「結局、すべてはあなたの思いどおりになるのね」

「ぼくと結婚してくれるのか？」

レティはうなずいた。

「賢明な選択だ」勝ち誇った笑みを浮かべ、ダレイオスはレティを乱暴に抱き寄せると、半年のあいだ熱望していたことを実行に移した。彼女にキスをしたのだ。

その唇を味わった瞬間、ダレイオスはすべ

てを忘れた。レティがみずから唇を開き、ダレイオスの腕に身をあずけると、死んでいたも同然だった彼の体と魂に、ふたたび命が吹き込まれた。

レティが身をよじるように離れた。「まず今夜のチャリティ・イベントに、わたしを連れていって。そして、わたしとの結婚が何を意味するのか、その日で確かめてほしいの」

「いいだろう」

「忘れないで」レティはゆがんだほほえみを浮かべた。「結婚を望んだのは、あなたなんだってことを」

5

結局レティは、父に置き手紙を残すことにした。父の裏切りは許せなかったとはいえ、心配はさせたくなかった。

ダレイオスといっしょにいます。父さんとは二度と口をきくつもりはありません。

ダレイオスはレティのクローゼットを一瞥《いちべつ》したあと、〝舞踏会のためのドレスを買おう〟

と言った。彼女が抗議しても、つぎのように反論されただけだった。「こんなみっともない服を着たきみと婚約すると発表しても、誰も信じないだろうからな」

「好きにすればいいわ」レティは不機嫌そうに言った。「お金の無駄なのに」それでも、ふいに当惑をおぼえた。わたしの人生は、もうわたしひとりのものじゃないんだわ。

ダレイオスのスポーツカーに乗り込んだとき、レティの空っぽの胃が哀れっぽい声をあげた。けれど、口が裂けても空腹だとは言いたくなかった。ドレスを買ってもらうだけでもプライドが傷つくのに、食べ物まで頼んだら、まるで物乞いだわ！

ダレイオスが運転席に腰を下ろしたとたん、レティの神経は張りつめた。車が走りだしてから彼を横目で盗み見ると、黒髪にはひと筋の乱れもなく、たくましい体は運転席の背もたれにゆったりともたれていた。

どうしてこの人は、こんなに落ち着き払っているの？

勝ったからよ。そしてわたしは負けた。単純な話だわ。

レティは窓の外に目をやった。でも、わたしと人生をともにするとどういうことになるのかを理解すれば、ダレイオスもさっさと縁を切るはずだわ。もしかすると、わたしと父は明日のバスでロチェスターに行く羽目になるかもしれない。

父のスキャンダルがもたらした悪影響は、財力や名声ではどうにもできないのに、ダレイオスにはそれがわかっていない。だから、十年前に真実を隠したわたしに、いまも怒っているのだ。すべてを知らされていれば、災厄を未然に防げたと思い込んでいるから。けれど今夜、彼は現実を——スペンサーの姓がどれだけ嫌われているかを思い知るのだ。

雨はすでにやみ、頭上にはみごとに晴れ上がった九月の青空が広がっていた。

ダレイオスのスポーツカーが赤信号で停《と》まると、レティはとなりの高級車に目をやった。後部座席の男性はタブレット端末をにらみながら、携帯電話に向かって怒鳴っている。彼には外の世界が見えていないらしい。裕福な人々は別の世界に住んでいるからだ。

レティがそのことに気づいたのは、転落を味わったあとだった。〝不正な手段で資金を集めている〟という父の告白を聞いた彼女は、ダレイオスとその父親を守るために二人を館から追い払った。そして、〝警察に自首してほしい〟と父に懇願した。

心から娘を愛していたハワードは、数カ月後、その助言にしたがった。

ニューヨーク市警とFBIの取り調べは、苛烈をきわめた。半年後、ハワードは懲役九年の実刑を言い渡されて刑務所に入った。

事件後、レティはフェアホルムからそう遠くない小さな町で暮らそうとした。しかし、すぐに無理だと悟った。町の住人の多くが、彼女が何者かを知っていたからだ。彼らはレティに罵声を浴びせたり、〝おまえの父親には貸しがある〟と言って、彼女の財布からお金を奪ったりした。結局レティは、素性を隠せて労働者階級の人々が多く住むブルックリンに引っ越した。街の住人は誰も彼女のことなど気にせず、しかも大半はやさしかった。

それでもレティは、厳しい現実を身をもって学んだ。お金もなく、家族も友達もいないために、つらく貧しい日々を送らなければならなかった。

〝自分を哀れんでばかりいる人は、誰からも好かれないわ。それくらいなら、他人の力になりなさい〟愛情に満ちた母の声が、いまも耳元で聞こえる気がする。〝悲しみを癒やすいちばんの方法は、あなたよりも傷ついている人の力になることよ〟

心に響く助言だった。

レティは深く息を吸い込み、ダレイオスに視線を向けた。「今夜のチャリティ・イベントについて教えて」

運転していたダレイオスが、ちらりと彼女に視線を向けた。「イベントの目的は、里親の家で育った子供たちに、大学進学のための奨学金を与えることだ」

「すばらしいわ」レティは驚いた。「あなたがそういうイベントを主催するなんて、思ってもみなかったけれど」

「時間があまっているんだ。何もしないよりはましだからな」

「美人とデートしたり、好きなだけ買い物をしたりすればいいじゃない？」

ダレイオスが車を道路の端に停めた。「まさにこれからそうするつもりだ」

「あとで誰かとデートするの？」レティはダレイオスの表情を目にしたとたん、彼の言葉の意味に気づいて赤面した。

助手席のドアを開け、彼女は高級ブティックが並ぶ五番街に足を踏み出した。最後にここで買い物をしたのは、十七歳のときだ。あのときは私立のハイスクールの卒業式のために、純白のドレスを買った。けれど、レティは社交界には向いていなかった。他人を押しのけて前に出る強引さがなかったうえに、人付き合いが苦手だったからだ。

そしていま、レティは不安に駆られていた。高級デパートから出てくる人々を見ていると、〝ここはもうおまえの来る場所じゃない〟と言われそうな気がした。

「まずどこにする？」ダレイオスが尋ねた。

「気が変わったわ。やめましょう」

「いまさら何を言っているんだ」

「ダレイオス……」

レティの抗議を無視して彼女の手を握り、ダレイオスは一軒のブティックに向かった。そのあいだ、彼女はつないだ手に走る電流のような衝撃を無視していた。

ドアマンの前を通って店の中に入ると、シャンパンのグラスをのせたトレイを手に、女性スタッフが現れた。「よろしければどうぞ」

ダレイオスはグラスを取った。「どうも」

スタッフはレティのせり出したおなかに気づいたらしく、シャンパンを勧めようとはしなかった。「何をお持ちしましょうか？　炭酸入りのミネラルウォーターか、グレープフルーツジュースはいかがですか？」

「わたしはいいわ」レティはダレイオスの手を振りほどき、ラックに吊《つ》るされたドレスを見るふりをした。

支配人と思われる、ツイードのスーツで身を固めた白髪の女性に、ダレイオスは視線を向けた。「フィアンセのために、舞踏会で着るドレスを探しているんだが」

フィアンセという言葉に、レティは震えた。とりあえず嘘《うそ》ではない。わたしはダレイオスのプロポーズを受け入れたのだから。

でも、二人はほんとうに婚約したわけじゃない。レティは左手に目をやった。薬指に指輪がないのが、偽りの証拠だ。

「オーダーメイドとレディメイドでは、どちらがよろしいですか、ミスター・キュリロス？」白髪の女性はダレイオスと面識があるらしい。

「今夜、着たいんだが」

「問題ございません。すぐにご用意します。こちらに来ていただけますか？」

二人は、白い革のソファと三面鏡が置かれた空間に案内された。女性スタッフたちがそこへ、つぎつぎにドレスを携えて現れる。

「残らず試着させてほしい」ダレイオスがそう言ったとき、彼の携帯電話が鳴った。電話を取り出しながら、レティに告げる。「あとで見せてくれ」

ドレスを抱えたスタッフと試着室に向かう前に、レティは尋ねた。「何が見たいの？」

ダレイオスは彼女の全身に視線を走らせ、セクシーな笑みを浮かべた。「きみのすべてだ」

彼の熱いまなざしを浴びていると、レティは自分が官能の女神にでもなった気がした。妊娠七カ月で、古いTシャツとジーンズという格好なのに！

ダレイオスはソファに腰を下ろし、シャンパンを飲みつつ携帯電話で話し始めた。レティはため息をつき、試着するドレスに意識を集中させた。

そう悪い話でもないわ。最後に新しい服を買ったのがいつなのか、思い出せないくらいだもの。わたしのクローゼットにはハイスクール時代の服か、リサイクルショップで買ったものしか入っていない。サイズがぴったりの、すてきなドレスを買ってもらってもばちは当たらないんじゃないかしら。

そのとき、ドレスの値札が目に入った。

試着室から出てきたレティに、ダレイオスは期待の表情を向けた。だが、すぐに顔をしかめた。「なぜ前の服を着たままなんだ?」

「いくら何でも値段が高すぎるわ! リサイクルショップに行けば、新品同様のドレスが――」

「レティ」

「わたしは本気よ。どうせ今夜かぎりで二度と会わないのに、わたしにお金を使うのはばかげているわ」

「またわけのわからないことを」ダレイオスはレティをまじまじと見た。「具合でも悪いのか? 腹がへっているか、喉が渇いているか? それとも、疲れているとか?」

空腹だとは、レティは口が裂けても言いたくなかった。ところが、またしても胃が哀れっぽい声をあげた。「ええと、朝から何も食べていないかも」

「そういうことはもっと早く言ってほしいね」ダレイオスは、炭酸入りミネラルウォーターのグラスを手に取った。「まず、これを飲むんだ」スタッフのひとりに視線を向け、命じる。「併設のカフェで朝食を作って、ここまで運んできてくれ」

「申し訳ありませんが」命じられたスタッフが、悲しそうな顔をした。「それはちょっと――」

「ミスター・キュリロスのご要望なら、もちろんお応えしますわ」白髪の女性が満面に笑みを浮かべ、話に割り込んできた。「おなかに赤ちゃんがいる女性を、空腹のまま放っておくわけにはいきません。何をご用意しましょうか?」

「なにもかもだ。まとめてトレイにのせて、ここまで持ってきてくれ。ぼくたちはしばらくこの店にいる。舞踏会用のドレスだけじゃなく、靴、アクセサリー、マタニティウェアも必要だから何時間もかかるだろう」

「承知しました」白髪の女性はそう言うと、両手を打ち鳴らし、急いで行動するようスタッフを促した。

「ダレイオス、こんなの大げさだわ!」レティは叫んだ。

「そんなことはない。きみは自分より他人の気持ちを考える人だから、ぼくが場を取り仕切らないと話が進まないんだ」彼はレティをやさしくソファに引き寄せた。「ほら、座ってひと息入れるといい」

「でも、ドレスの試着が――」

「そっちはあとでもいい。もっとリラックスするんだ。買い物は腹をすかせてするものじゃない。食事はすぐに届く」

「あなたに面倒を見てもらう必要はないわ」

「いや、必要ならある」ダレイオスは手を伸ばして、レティの髪を耳にかけた。「ぼくはきみの面倒を見るのが楽しいんだ」

「ダレイオス」レティはためらいつつ口を開いた。「あなた、まさか……」

「まさか、何だ?」

レティは思いきってダレイオスの黒い瞳を見た。どんなに魅力的でも、彼が冷酷非情になってしまったことを忘れてはだめ。たとえダレイオスの瞳が、ほほえみが、やさしさが前と同じに見えたとしても、もうわたしが愛した十代のころの彼はいない。いまのダレイオスは、わたしが愛した男性とは別人なのだ。

「あなたはまさか……」レティは大きく息を吸った。「わたしたちの結婚を、ほんものだと思っているんじゃないでしょうね?」

「もちろん、ほんものだと思っているとも」

「わたしたちは子供のために結婚するだけで、それ以上でもそれ以下でもない。わたしたちは……あなたとわたしはどう考えても……」

「きみにはぼくのベッドで眠ってもらう、レティ」ダレイオスの目は燃えるようだった。「何も身につけず、ひと晩も欠かさずにだ」

官能的なダレイオスの声は、レティの体の中で熱風と化し、彼女は爪先を丸めた。

感情に押し流されてはだめ。彼がどれほど

魅力的でも、二度とベッドはともにしない。わたしは二十八歳までバージンを守り、ひたすら愛する男性を待ち続けた。でも、その人はもはやどこにもいないのだ。

「この子を授かったあの夜のわたしは、あなたを愛していた。でも、それから何もかもが変わってしまった以上、愛のないセックスをするつもりはないわ」

ダレイオスはレティの手を握った。すると、彼女の体の奥深くが震えた。彼が顔を近づける。「それはどうかな」

6

ちょうどそのとき、ブティックのスタッフがペストリーとフルーツとジュースをのせたトレイを持って現れたおかげで、レティは窮地を逃れられた。

そのすぐあとには、メイプルシロップのかかったパンケーキにハッシュドポテト、グリルされたソーセージをのせたトレイも運ばれてきた。

食事をして元気になったレティは、それか

ら一時間かけて気に入ったドレスを残らず試着した。二人は別のブティックにも行き、高級デパートにも立ち寄った。暗くなるころには、あまりにも買い物袋の数が多くなったので、ダレイオスはボディガードと運転手を呼び、ペントハウスまで運ばせた。

彼はレティを、世界的に有名なジュエリーショップにも連れていった。そのときも彼女は断ろうとした。「わたしのために、そんなにお金を使う必要はないわ!」

ダレイオスは、二十カラットのダイヤモンドのネックレスを手に取った。「きみはぼくの花嫁になるんだ。服は必要だとも」

「でも、それはダイヤモンドだわ!」

彼はにやりとした。「こいつは硬くてきらきら光る服なんだ」

「無駄遣いだわ」

「だったら、無駄遣いをさせてくれ。別にきみが気に病むことはないだろう? ぼくが憎い、と言っていたじゃないか。だったら、ぼくを苦しめればいい」

ダレイオスはレティのために大量の服を買ったが、舞踏会のドレスに関しては彼女が試着したどの服にも満足しなかった。

レティは買い物を楽しんでいる自分に、罪悪感をおぼえていた。けれど、楽しいのだからしかたない。かなり前から、彼女の人生の目的は日々を生きていくことに限られていて、自分の幸福なんて二のつぎだった。

なのにダレイオスは、わたしのしあわせを第一に考えてくれている。

でもそれは、わたしが彼の子供を妊娠しているからだわ。レティは試着室でドレスに着替えながら思った。

だとしてもあの熱いまなざしは、ダレイオスの中にそれ以上の何かがあることを示していた。彼は生まれてくる子供の親権だけが欲しいんじゃない。

わたしも手に入れる気なのだ。〝きみにはぼくのベッドで眠ってもらう、レティ。何も身につけず、ひと晩も欠かさずにだ〟

レティは身を震わせ、新しいドレスを手に取った。セクシーなニットドレスは、大好きなピンクだった。

柔らかな布地が撫《な》でるように体を滑り下りたあと、背中に手をまわしたが、ファスナーが上がらない。レティは鏡に目をやった。

伸縮性の高いロングドレスは、大きくなった胸とせり出したおなかにぴったりしていて、彼女はひと目で気に入った。でも、妊婦がこんな服を着ていいの？

「見せてくれないか」試着室の外から、ダレイオスの声が聞こえた。レティは深呼吸をして、試着室を出た。

「どうかしら？」おずおずと尋ねる。

表情がすべてを語っていた。ダレイオスは

彼女のまわりをゆっくりと歩き、全身に視線を走らせた。「これだな」

「いくら何でも、体の線が出すぎじゃ——」

「いや、完璧だ」

「でも、背中のファスナーがちゃんと上がっていないの……」

ダレイオスが近づき、レティの背中に手をまわした。ファスナーを上げると、腕が彼女の肌をかすめる。その視線はレティの瞳に向けられたままで、彼女は息もできなかった。

両手でレティの頬を包み込んだあと、ダレイオスは首筋に指を走らせた。「さっきのダイヤのネックレスがよく似合いそうだ」

レティは目を下に向けた。襟ぐりが深すぎて、たちまち頬が赤くなる。「このドレスはやめておくわ」

「なぜだ？」

「肌が露出しすぎだもの。わたしはみんなに見られるのに」

「どんなドレスを着ていようと、きみは見られる運命にあるんだ」

「わたしが犯罪者の娘だからね」

「きみがとびきり美しい女性だからだ」

「わたしがどれだけ嫌われているのか、あなたはわかっていないのよ。みんなが気づいたら……鮫《さめ》の水槽に肉を投げ込んだような騒ぎになるわ。わたしはずたずたに引き裂かれる」レティは息を吸い、無理をしてほほえんだ。「これじゃ、まるで泣き言ね。大丈夫、何とかなるわ。慣れているから。ただ……」

「ただ、何だ?」

「舞踏会に来た人たちが、あなたにひどいことを言うのは耐えられない。でも、わたしがあなたのフィアンセだと知ったら、ひどい言葉をぶつけてくると思うの」

手を伸ばし、ダレイオスはレティの顔を上に向けた。「ぼくは自分の面倒くらい自分で見られるよ、いとしい人《アガペ・ムー》」

ダレイオスの黒い瞳は彼女の唇を見つめていて、レティの全身が硬直した。彼はここでキスをするつもりなの? デパートで?

だが、ダレイオスは店のスタッフに視線をやった。「このドレスが欲しい。それから、これに合う靴も必要だ」

レティは十足の靴を試したあと、息をのむほど美しいハイヒールを見つけた。

「これにしよう」ダレイオスは、彼女の表情を見て言った。

「いいえ、だめ。普段はける靴じゃないわ。一度はいたら、それきりよ!」そう言いながらも、レティはハイヒールから目を離せなかった。ピンクのクリスタルがちりばめられた靴は、ソールが真っ赤だった。

「もらおう」彼はスタッフに言った。

美しいからという理由でこれほど無駄な品を買ったのは、いったいいつ以来かしら?

靴の値段がアパート三カ月分の家賃に等しいことを、レティは考えないようにした。

ダレイオスにこんなにたくさんの品を買わせるのは、やっぱり間違っている気がする。明日になれば、わたしたちは二度と会わないのだから。それなら、舞踏会が終わったら何もかも置いていこう、とレティは決めた。ほとんどの服は値札さえはずさないから、返品できる。それならダレイオスに捨てられても、罪悪感をおぼえずにすむ。

「つぎは」彼の視線がレティの唇に、そしてさらに下へ移動した。「ランジェリーだな」

レティは甲高い声をあげた。「やめてちょうだい！」

「今夜は下着なしでドレスを着るつもりか？ それならそれでかまわないが」

レティの頬がかっと熱くなる。「もちろん、下着はつけるわ！」

「だったら、買っておこう」ダレイオスはかたわらに控えていた、三人の女性スタッフにうなずきかけた。「このドレスに合うランジェリーをそろえてくれ」

スタッフたちは急いで動きだした。

「今夜、あなたのためにランジェリーを身につけると思ったら、大間違いなんだから」レティはむくれた。

「違うのか？ それなら、明日以降の展開を期待しよう」

彼女は顔をいっそう赤らめた。ダレイオスはいまにもわたしを試着室に引きずりこみ、奪ってしまいたいという目をしている。もしかすると、わたしはこのハイヒールをはいただけの姿で、彼とひとつになるのかもしれない……。

そこでわれに返り、レティはいっぽうの手で顔を覆った。いったいわたしはどうしてしまったの？　すてきなハイヒールと引き替えに、道徳や倫理観まで捨てたの？

ダレイオスは単にハンサムなだけでなく、レティが愛しベッドをともにした、ただひとりの男性であり、彼女のおなかには彼の子供も宿っていた。しかもダレイオスはレティをもとめ、結婚さえ望んでいる。そんな彼を前にして、冷静でいられるはずはなかった。

レティはダレイオスの世界に、ぐんぐん吸い寄せられていく気がしていた。すると脳裏に、過ぎ去った日々の記憶がよみがえる。あのころは貧乏でもなく、何の不安もなく、わたしは両親からの愛情を一身に受けていた。

十代のレティは社交界に身を置くより、自宅でペットや本にかこまれているほうが好きな少女だった。そして十四歳のとき、無謀にも父の運転手の息子だった六歳年上のダレイオスに恋をした。そのころに不幸だと嘆いていたことが、いまでは滑稽にさえ思える。

レティが不幸のほんとうの意味を知ったの

は、母が病に倒れたときだった。母はまたたくまに痩せ細り、数カ月後にこの世を去った。

そのあとの父は抜け殻も同然だった。数年後に父が投獄されると、レティは強くならなくてはと決意した。そして考えるのをやめて、心を閉ざした。

でも、いまは……。

やさしくされるとはどういうことなのか、レティは数年ぶりに実感していた。店のスタッフが千ドルもするシルクのランジェリーを包み始めると、彼女は自分に言い聞かせた。こんなことはきっと夢に決まっている。だからシンデレラみたいに、真夜中を過ぎたら、すべて消えてなくなるんだわ。

クレジットカードの伝票にサインをして、ダレイオスがレティにほほえんだ。「ほかに欲しいものは？」

レティは首を左右に振った。

ダレイオスが彼女の手を握った。「時間がかかったが、もう一箇所だけ寄っていこう」

ボディガードは、すでにスポーツカーに荷物を積み込んでいなくなっていた。買ったばかりの荷物を抱えた運転手のあとについて、二人は別の車に向かった。レティの手を放そうとしないダレイオスの黒い瞳は、高層ビルに沈む夕日を浴びて輝いていた。

妊娠しているせいで、わたしはホルモンの分泌がおかしくなっているんだわ。レティはそう考えながら、車の後部座席に腰を下ろした。だから、ダレイオスを見るたびに胸が苦しくなるのよ。今日一日、彼はずっとわたしのそばにいてくれた。喉が渇いたときも、おなかがすいたときも、疲れたときも、わたしより先に気づいてくれた。

レティはもう孤独ではない気がした。ダレイオスはわたしを守ってくれる。彼は誰よりも強いから、わたしは安全でいられる。

そうかしら？　レティは心の中で自問した。ダレイオスは危険な人だわ。利己的で、傲慢で、冷たい男性よ。

彼が顔をしかめた。「泣いているのか？」

彼女は涙を拭いた。「いいえ」

「レティ」

「ごめんなさい」彼女は口ごもった。「ただ……あなたがやさしすぎるから」

「服を買ったことを言っているのか？」信じられないという顔で尋ね、ダレイオスは低く笑った。「たったそれだけでか？」

服以外の理由もあったものの、レティにはそれ以上説明ができなかった。みじめな声で言う。「わたし、舞踏会には行けないわ」

「いや、きみは行く」

「まだわからないの？　トラブルが起こるだけだわ」

「ぼくを守ろうとするのはやめてくれ」

「でも――」

「守るのはきみではなく、ぼくの役目だ。ぼくにきみは守れない、とほのめかすのは侮辱でしかないから、二度と言わないでくれないか」ダレイオスはそこで口調をやわらげた。「ぼくはきみを守ってみせる。誰にも傷つけさせはしないから、何も心配はいらない」

レティはふいに激しく震え始めた。できるものなら、ダレイオスの言葉を疑いたくはなかった。昔のように、彼の言葉を信じることができたら……。

車が停《と》まり、ドアが開いた。ドアを開けたのは運転手で、レティが目をやると、ダレイオスは笑みを浮かべた。「降りてくれ。ここはニューヨークでも最高のエステサロンだ。八時になったら迎えに来る」

「エステサロン？　どうして？」

「少しばかり、贅沢《ぜいたく》な気分を味わってもらいたいからだ。楽しんでくるといい」

車を降りたレティは、スタッフに案内されて、観葉植物とピンクの家具が配された豪奢《ごうしゃ》なエステサロンに足を踏み入れた。すると、美の専門家たちがたちまちレティを取りかこみ、彼女の傷んだ髪と凝った肩と乾燥した肌を嘆き始めた。

数時間がまたたくまに過ぎていくうちに、レティの爪にはマニキュアが塗られ、全身はマッサージでもみほぐされ、肌は潤いを取り戻した。美容師とメイクアップ・アーティス

トが仕事を終えるころには、時刻は八時にな
ろうとしていた。
レティは新しいブラジャーとショーツを身
につけ、ピンクのドレスをまとってハイヒー
ルをはき、鏡に映る自分の姿に目をやった。
つややかな黒髪はきちんと整えられ、赤い
口紅はセクシーで、黒いアイラインと付けま
つげは瞳をより大きく見せている。ピンクの
ドレスに包まれた豊かな胸は、ブラジャーで
しっかりと押し上げられていた。
鏡を見て、レティはめまいをおぼえた。と
ても自分とは思えない。
「ミスター・キュリロスがいらっしゃいまし
た」エステサロンのオーナーがささやいた。

レティは緊張して店のロビーに向かった。
ダレイオスはわたしを見て、滑稽だと笑うか
もしれない。彼に恥をかかせてしまうと思う
と、耐えられそうになかった。
けれど顔を見たとたん、ダレイオスは心か
ら満足していることがわかった。「信じられ
ない。とてもきれいだ」
レティは恥ずかしそうにほほえんだ。「あ
なたもすてきだわ」オーダーメイドの黒いタ
キシードに身を包んだダレイオスは、目もく
らむほど魅力的だった。
彼が無言で腕を差し出した。
その腕をつかんだとたん、レティは半年前
を思い出した。たくましい彼の裸身の感触と、

ひとつになったときの記憶に思わずよろめく。

　ダレイオスが足を止めた。

「ごめんなさい。まだこの靴に慣れていなくて」レティは嘘《うそ》をついた。けれどよろめいたのはハイヒールのせいではなく、二月の夜を思い出したせいだった。

　外ではリムジンが待っていた。運転手のコリンズが後部座席のドアを開ける。

「舞踏会の会場はどこなの？」レティはダレイオスに尋ねた。

「コーラントだ」ニューヨークでも指折りの美術館は、チャリティ・イベントの会場としても有名だった。

　レティは息をのんだ。事態は考えていた以上に厳しそうで、リムジンが走りだすと、恐ろしくて吐き気がしてきた。

　たとえダレイオスを愛してはいなくても、自分のせいで彼が傷つくのは耐えられない。

　リムジンはやがてコーラント美術館に着いた。窓の外のレッドカーペットに視線を向けると、そこには野次馬とパパラッチがいて、レティは息ができなくなった。コリンズが車を降り、後部座席のドアを開ける。

　最初にリムジンを降りたのはダレイオスで、あたりにどよめきが広がった。今夜のイベントを主催する、ニューヨークでもっとも有名な独身男性が姿を現したからだ。カメラのフラッシュがあちこちで閃《ひらめ》くと、ダレイオスはそっけなく手を振ってみせた。

パパラッチの集団を目にしたとたん、レティの体からは力が抜け、車の外に出る自信がなくなった。それでもダレイオスが後部座席で震える彼女に腕を差し伸べると、わななく手で彼の手を握った。

リムジンを降りるなり、パパラッチや記者が何ごとかささやき合うのが聞こえた。レティの正体に気づいたらしい。

野次馬たちのあいだにざわめきが広がり、カメラのフラッシュが先ほど以上に光って、取材陣が大声で叫んだ。

「レティシア・スペンサー！」

「この十年、どこにいたんです？」

「お父さんが刑務所から出てきましたが、それについてどう思いますか？」

「ダイヤのネックレスをつけて舞踏会に参加することに、罪悪感はないんですか？」

「お二人は交際しているんですか？」

「ミスター・キュリロス、なぜあなたは元服役囚の娘と付き合っているんです？」

ダレイオスが質問者たちをにらみつけ、無言で彼らの前を通り過ぎるあいだ、レティは彼の手を握りしめていた。二人は階段を上り、堂々たる円柱のあいだを進んで、巨大なドアを通り抜けた。彼がそのドアを閉めたとき、レティは大きく息を吐いた。そして突然抱き寄せられるとまぶたを閉じ、ダレイオスの力強さとぬくもりとやさしさを味わった。

「終わったな」やさしい口調で言ってから、ダレイオスが身を引いた。「それほどひどくはなかっただろう?」

「これで終わったと思う?」レティはどうにかほほえんだ。「まだ始まったばかりだわ」

そのとき、ジュエリーをごてごてとつけた白髪の女性が美術館のロビーに入ってきた。ダレイオスを目にしたとたん、その表情が輝く。「ダレイオス、会えてうれしいわ! あらためて主催者になってくれたお礼を言うわね。でも、恋人を連れて出席したと知ったら、たくさんの女性の心が打ち砕かれて――」

レティに視線を向けたとたん、女性の笑顔は凍りつき、ついで怒りの表情に変わった。

「こんばんは、ミセス・アレグザンダー」レティはためらいがちに言った。「おぼえていないかもしれませんけれど、わたしは娘さんのポピーと同じ学校に通ったんです。ポピーとは同じ日に社交界へデビューして――」

「お黙りなさい」ミセス・アレグザンダーの瞳は怒りに燃えていた。「わたしに話しかけないで」彼女はダレイオスに視線を戻した。「あなたは知っているの? 彼女が何者で、何をしたのかを」

ダレイオスは老婦人を冷たい目で見た。「もちろん。レティとぼくは幼なじみなんだ。それから、レティ自身は何もしていない。あなたは父親と彼女を混同しているな」

ミセス・アレグザンダーは鋭いまなざしをレティに向けた。「よくここに来られたものね。あなたの父親は、この会場に来た人たちの大半からお金を盗んだのに」信じられないという顔でダレイオスを見る。「彼女を連れてくるだなんて、どうかしているわ。います
ぐ追い出してちょうだい。さもないと、招待客がひとり残らず姿を消して、イベントは悲惨な結末を迎えるわ。何のために彼女を連れてきたの？　ベッドの相手をさせるため？」

彼女はそこでレティのおなかに目をやった。

「それとも、もう目的は果たしたのかしら？」

自分が襟ぐりの深いピンクのドレスを着た
〝ベッドの相手〟にしか思えなくなり、レティの頬は熱くなった。

「わたしが帰らないのは、進学のお金がない、かわいそうな里子たちのためですからね」ミセス・アレグザンダーは二人をにらみつけると、ジュエリーをきらめかせ、シルクのドレスを翻して姿を消した。

予想外の展開に、レティはその場から動けなかった。

「気にするな」ダレイオスは彼女の肩に手を置いた。「ひどい女性だ」

「あの人を責める気にはなれないわ。彼女の家族は何千万ドルもお金を失ったんだから」

「だとしても、ジュエリーを手放したり、美

容整形をあきらめたりするほどではなかったようだぞ。ミセス・アレグザンダーのことは忘れて、中に入ろう」

ダレイオスはレティの体に腕をまわし、あえて明るい表情で舞踏室に足を踏み入れた。

しかし、彼がそんな表情をしていても、状況は好転しなかった。その夜は、レティが恐れていたとおりのひどいものになった。

ダレイオスは招待客たちと顔を合わせるとき、かならずレティと二人で挨拶をするようにした。誰もが舞踏会に出席するために、何千ドルも払っていた。しかし、大学へ行けない里子たちに奨学金を与えるためという目的の裏で、ほとんどの人は友人たちと楽しみ、新しい衣装を見せびらかしたがっていた。

視線は敵意に満ちていても、招待客たちはミセス・アレグザンダーほど無鉄砲ではなく、面と向かってレティに何か言うことはなかった。それでもニューヨーク社交界の名士たちは、伝染病患者ででもあるかのように彼女に目をやったあと、〝これは何かのジョークなのか？〟という顔でダレイオスを見た。

ダレイオスに連れられて出席者のあいだを歩くたび、レティは彼らのささやき声を聞き、視線を感じた。彼が飲み物を取りに行くと、ひとりぼっちだという思いはさらに強くなり、床を見つめて誰にも見えない存在になろうとした。まるで野生の動物にでもかこまれているようだ。居場所を勘づかれたら、牙と爪でずたずたにされそうな気がする。

しかしレティの作戦はうまくいかず、三人の若い女性が彼女の前に現れた。

「あらあら」ブランドもののドレスを着た痩せた女性が、意地の悪い笑みとともに言った。「レティシア・スペンサーじゃないの。驚きね。そうじゃない、キャロライン？」

「ええ、びっくり仰天だわ」

レティは二人に見覚えがあった。同じハイスクールの一学年上の先輩たちだ。

その二人から少し離れた位置には、ポピー・アレグザンダーがいた。二年生のグループ学習のとき、彼女とレティは同じグループだった。ポピーは青ざめ、不安そうな表情をしている。

「悪いけれど」レティはあとずさりをした。「トラブルは避けたいの」

「トラブルは避けたいですって？」最初の女性があざけるように言った。「面白いことを言うのね」

「ええ、ほんとうに」キャロラインもくり返す。「あなたはここに来るべきじゃなかったのよ」

「社交界の面汚しなんだから」

「恥という言葉を知っているなら、さっさと消えたほうがいいわ」

ポピーは無言のまま、いますぐこの場から

逃げ出したいという顔をしている。

最初の女性が冷笑とともに続けた。「ダレイオス・キュリロスのそばにいれば安全だ、と思ってるのかもしれないけど――」

「ここにいたのか、レティ」ダレイオスがレティたちの背後から現れた。「飲み物を取ってきたよ」三人の女性に目をやり、セクシーな笑みを浮かべる。「やあ、オーガスタ、キャロライン、ポピー。会えてうれしいよ」

「こんばんは、ダレイオス」三人は力のない声で言い、そそくさと姿を消した。

「問題はなかったか?」彼が尋ねる。

レティは息を吐き、何度もまばたきをした。

「ええ、なかったわ」

時間がたつにつれ、状況はさらに悪化した。晩餐会《ばんさん》が始まったのは夜の十時過ぎだったので、ダレイオスと主賓用のテーブルに腰を下ろすころには、レティは飢え死にしそうだった。けれど、同じテーブルの四組のカップルから鋭い視線を浴びたとたん、食欲はどこかへ消えうせた。

ダレイオスは、カップルたちを何度も会話に引き込もうとした。彼の試みは成功したが、レティが口を開くたびに、会話はぷつりととぎれた。

彼女はついに耐えられなくなった。「ごめんなさい」苦しそうな声で言って立ち上がる。

「わたし、ちょっと……」

言葉は最後まで出てこなかった。ダレイオスたちに背を向け、他のテーブルのあいだを早足で抜けて、舞踏室を飛び出す。長い廊下を進んで化粧室に入り、レティは胃の中のものを吐いた。それから洗面台の前まで行き、口の中をゆすいだ。ぐったりとしながら、鏡の中の自分の顔を見る。舞踏室に戻るくらいなら、死んだほうがましだった。

このまま黙って帰ろう。わたしにとっても、ダレイオスにとってもそのほうがいい。

人けのない大理石張りの化粧室をあとにし、レティは廊下へ足を踏み出した。

ダレイオスはそばの壁に寄りかかり、彼女を待っていた。腕組みをし、口元をこわばらせている。「大丈夫か？」

彼は怒っているんだわ。レティはどうにか涙をこらえた。「わかったでしょう？　わたしと結婚するだなんて、どうかしているわ」

絨毯《じゅうたん》を踏んで近づいてくるダレイオスを見て、レティは緊張に身を硬くした。彼はきっとこう言うんだわ――〝きみを連れてきたのが間違いだった。もう結婚するつもりはないし、二度と会うつもりもない〟

彼が目を細くした。「ここまでひどいとは、考えてもいなかった」

今夜はずっと涙をこらえてきたけれど、もはや限界だ。彼がわたしを守ってくれるという幻想は、いま崩れようとしている。

レティは深呼吸をして涙を拭くと、無理にほほえんだ。「わたし、明日になったら父と二人でロチェスターに行くわ。赤ちゃんに会いたくなったら、いつでも訪ねてきて……」

ダレイオスの目に気づいて、声が小さくなる。

「赤ちゃんに会いたいと、あなたがいまでも思っているなら」

彼の目に冷たい怒りが浮かんだ。「だめだ」

「えっ？」

ダレイオスはレティの腕をつかんだ。「きみを行かせはしない」

彼女が腕を振りほどこうとしても、力ではかなわなかった。「何をするつもりなの？」

「ここに着いたときに、ぼくがするべきだったことだ」彼はレティの腕を引っ張り、舞踏室に向かって歩きだした。

「やめて」彼女はダレイオスの手から逃れようとした。「お願い。あそこには戻りたくないの。どうか……」

彼はその言葉に耳を貸さず、レティを舞踏室へ強引に引きずりこんだ。千人の男女は、食後のコーヒーやデザートを楽しんでいるところだった。ダレイオスが彼女の手首をつかんでテーブルのあいだを進んでいくにつれ、人々の会話はとだえていった。そして、彼らはレティに非難と憎しみをぶつけた。

沈黙の垂れこめる舞踏室に歩みを進める途中で、ダレイオスは自分のテーブルからシャンパングラスを手に取った。ダンスフロアを横切り、レティを引きずるようにして演壇に続く階段を上る。それから、彼女の手首を握ったままマイクをつかんだ。

恐ろしさのあまり、レティの膝はがくがくしていた。チャリティ・イベントなんかに来なければよかった。危険を冒すべきじゃなかったんだわ。いますぐにでもアパートに戻って、頭から毛布をかぶってしまいたい！

「ご存じない方のために自己紹介をします。ダレイオス・キュリロスです」彼はマイクに向かって話しだした。「進学を夢見る子供たちを支援するため、今夜お集まりくださったことに感謝します。みなさんのお力により、将来有望な子供たちが大学で学べるようになるでしょう」

まばらな拍手が起きたが、会場の熱気は乏しかった。わたしがダレイオスのそばにいなければ、もっと盛り上がったはずなのに。レティは思った。わたしがすべてをだいなしにした。援助が必要な子供たちにも、迷惑をかけたんだわ。自分が憎くてたまらない。

つぎの瞬間ダレイオスがこちらに視線を向け、恐怖がレティの体を駆け抜けた。ついにそのときが来たんだわ。〝彼女をここに連れてきたのはジョークです。いますぐ外に放り出しますから〟と彼は言うつもりに違いない。

唇をゆがめ、ダレイオスはふたたびマイク

に向かって言った。「わたしといっしょに演壇に上がったこちらの美しい女性のことは、みなさんもご存じでしょう。ミス・レティシア・スペンサーです」不満の声が舞踏室に広がると、彼は魅力的な笑みを浮かべた。「ここでみなさんにお知らせしますが……ぼくは先ほど彼女にプロポーズしました」

レティは目を見開いた。どうしてそんなことをここで言うの？　ダレイオスは正気を失ったの？

「彼女は承諾してくれました。そういうわけで、ぼくたちはまずみなさんに、このすばらしいニュースをお知らせします」

不満の声はいまや怒号や悪態に変わり、レティは残酷な言葉から子供を守ろうと両腕でおなかを包み込んだ。

ところがダレイオスはさらに明るい笑みを浮かべ、彼女のおなかを手で示した。

「ぼくたちには子供もできました。この喜びも、みなさんと分かち合いたいと思います。さて、みなさんの中には、彼女の父親が引き起こしたトラブルを――」

白髪の男性が、もう我慢ならないと言わんばかりに立ち上がって叫んだ。「ハワード・スペンサーは、わたしの会社から何百万ドルもだまし取ったんだぞ！」

「レティの父親は罪を犯し、みなさんの信頼を裏切りました。しかし、レティ自身は何の罪も犯していません。彼女に罪があるとすれば、愛するに値しない父親を愛したことだけです。そこで未来の花嫁の名誉を守るため、ぼくは償いをしたいと思います」

突然、あたりに静寂が垂れこめた。

「彼女の父親がだまし取ったお金は、最後の一セントまでぼくが返済します」

人々はいっせいに息をのんだ。

白髪の男性が驚きによろめいた。「しかし、被害総額は……五十億ドルなんだぞ！」

「そのとおりです。それでもハワード・スペンサーに出資したみなさんには、ぼくが責任をもってお金を返します。ぼくは罪を犯していないにもかかわらず不当な目に遭わされてきた、美しい花嫁の名誉を守りたいのです」

ダレイオスはレティに視線を戻し、シャンパングラスを高く掲げた。

「レティシア・スペンサーのために！」

パパラッチがいっせいに前へ進み出てきたとき、レティは気を失いそうだった。いたるところでフラッシュが閃き、あたりは騒然として、叫び声や驚きの声が聞こえた。やがて千人の男女がつぎつぎと立ち上がり、全員がグラスを掲げた。

「レティシア・スペンサーのために！」歓喜の声が舞踏室に響いた。

7

五十億ドルとは、思いつきで使える金額ではない。

ダレイオスは返済の約束などするつもりはなかった。今夜レティを驚かせるために用意したものとは、タキシードのポケットに入れた小さな黒い箱だった。舞踏会が終わり、彼女の恐怖に根拠がなかったと証明されれば、箱の中身を贈るつもりでいた。

ところが、レティの恐怖には確かな根拠があった。彼女はこの十年、途方もない苦しみに耐えてきたのだ。それも、たったひとりで。

化粧室から現れたレティを廊下で目にしたとき、ダレイオスははじめて彼女に大きな犠牲を強いていたことに気づいた。レティは幽霊のように青ざめ、完全に打ちのめされていた。いまも彼女が先ほどみたいなあつかいをされるとしたら、被害者の怒りが激烈だった十年前は、どれだけひどい目に遭わされていたのか?

駆け落ちするはずだったあの夜、もしレティが姿を現し、父親の罪を打ち明けていたら、ぼくたちはどうなっていた?

それでもぼくは、レティと結婚していたは

ずだ。レティの父親が不正な手口で金を手にしていても、彼女への愛は変わらなかった。だが、ぼくは夫として、レティと二人でスキャンダルに耐えねばならなかっただろう。会社の立ち上げに必要だった融資も、受けられなかったかもしれない。ハワード・スペンサーの娘婿という事実が、すべてをだいなしにしていたのでは？

恋人に夢をあきらめてほしくない、というレティの決断がなかったら、ぼくはろくな職にも就けなかったはずだ。夢を捨ててブルックリンの狭苦しいアパートで暮らし、家族を養うくらいが精いっぱいだったかもしれない。

十年前のレティの犠牲があったからこそ、いまのぼくの成功はあるのだ。

ぼくは会社を立ち上げ、業績を伸ばし、巨万の富を得た。ところがレティは貧しい生活を強いられ、自分が犯したわけでもない罪のせいで屈辱を味わわされた。しかも、彼女はすべてを秘密にしていた。事実が明らかになれば、ぼくが罪悪感に苦しむからだ。

そしていまも、レティはダレイオスを守ろうとした。二人で舞踏会に出席すればどんなことになるか、彼女は最初から警告していた。自分がそばにいればレティは安全だと信じていたのに、すべてはダレイオスの思い上がりにすぎなかった。

ひどい目に遭うとはどういうことなのか、

ダレイオスは誰よりもよく知っていた。

かつての彼は村でもっとも貧しい家の子供であり、非嫡出子という理由であざけられてもいた。しかしいまは、故郷でもっとも愛され恐れられる男となっていた。マンハッタンでもロンドンでも、パリやロンドン、シドニー、東京でも似たような存在だった。

金さえあれば、豪邸であろうと人の心であろうと手に入る。

男の価値は金で決まるのだ。

こんな単純な事実を誰も理解していないのが、ダレイオスには不思議だった。世の中には愛こそがもっとも重要だと信じる者もいるが、愚かとしか言いようがなかった。愛は苦じみしか産まないことを、ダレイオスは身をもって学んでいた。

愛とは金の哀れな代用品でしかない。愛は懇願することしかできないが、金には他人をしたがわせる力がある。

ニューヨークの社交界で、レティがどれだけひどいあつかいを受けてきたかがわかったとたん、ダレイオスの魂は氷のように凍《い》てついた。

それだけではない。彼は自分が、社交界の人々以上にレティを傷つけていたことに気づいた。まる十年も無視したあと、復讐《ふくしゅう》のために誘惑し、侮辱し、脅迫したのだから。

その代償は支払わなければならない。

ダレイオスはもはやレティを愛してはいなかった。心の中の彼女を愛していた部分はすでに灰になっていたから、いまさら愛をもとめようとは思わなかった。

しかし、いまでも信じているものはある。名誉。誠実さ。女性を守ることだ。

だからこそダレイオスは、レティが抱えていた難問を解決した。

これでレティは、街でいちばん人気のある女性になった。いままでつらく当たってきた人々も彼女の友人になりたがり、誰もが二人の結婚式の招待状を欲しがるだろう。

勝利を確信し、ダレイオスはレティの顔を盗み見た。ピンクのドレスに身を包んだレティは、セクシーで美しかった。彼女が自分のものだと思うと、荒々しい欲望がダレイオスの体にみなぎった。

スポットライトのまばゆい光の中で、レティは千人の男女から喝采を浴びていた。ついさっきまで白い目で見ていた人々が、彼女の名を叫んでいる。カメラのフラッシュが光り、記者たちが大声で質問をした。

「ミス・スペンサー、五十億ドル分の愛情をそそがれるのは、どんな気分ですか?」

「結婚式の日取りは?」

「予定日はいつですか?」

「あなたは一瞬にしてニューヨークでもっとも人気のある女性になりましたが、いまのお気持ちはいかがでしょうか?」

レティは、おびえた鹿のような目でダレイオスを見た。彼はレティに代わり、マイクに向かって言った。「結婚式はそのうち挙げるつもりですが、細かいことはまだ決まっていません。子供もすぐに生まれる予定です」取材陣から舞踏会の参加者に視線を転じた。「ぼくの挨拶はこれで終わりです。チャリティ・イベントへのご協力に感謝します! 今夜は存分に楽しんでください」そしてオーケストラに合図を送る。「それでは音楽を!」

「きみがまず踊るんだ、ダレイオス!」誰かが叫んだ。

「そうだ、最初のダンスはきみとレティでなければ!」別の声が続く。

ダレイオスがレティと演壇を下り、ダンスフロアに入ると、オーケストラはゆったりとしたロマンチックな曲を奏で始めた。事前に演奏を頼んでいたこの曲を耳にすれば、レティはあの五月の宵を思い出すはずだ。

その目論見《もくろみ》は当たった。レティは足を止め、大きく目を見開いた。

ダレイオスは彼女を見つめ、かすかにほほえんだ。「ぼくと踊ってくれるか、レティ?」

レティはあたりを見まわした。この十年、彼女を軽蔑してきた人々は、いまやひとり残らず〝わたしたちは友達よ〟という顔でほほえんでいる。

「どうしてみんな、わたしを好きなふりをしているの？」彼女はダレイオスにだけ聞こえるよう、小さな声で尋ねた。

「人はみな、人柄だの絆《きずな》だの愛情だのを語りたがるが、結局のところ欲しいのは金なんだ。なくした金が戻るとわかったとたん、連中はきみが大好きになったんだよ」

レティは顔を上げてダレイオスを見つめた。黒いまつげに縁取られた緑がかった褐色の瞳は、彼を空から現れたスーパーヒーローだとでも思っているようだった。「なぜあんなことをしたの、ダレイオス？　自分の借金でもないのに、どうして五十億ドルを払うの？」

音楽は風のように二人を包んでいた。「覚えているか、このワルツを？」

「ええ、もちろん……。でも、人前で踊るのは……」二人をはやしたてる人々を見て、レティは唇を噛《か》んだ。

「さあ」ダレイオスは彼女を抱き寄せた。「踊ろう」

彼はレティを強引にダンスフロアへ導き、遠い昔に社交界へのデビューを控えたレティのワルツの練習に付き合ったように、ステップを踏み始めた。二人が何度も踊ったのは、フェアホルムの牧草地だった。当時ワルツを奏でていたのは携帯電話で、春の花が咲き乱れる牧草地からはきらきら輝く入り江が見渡せた。彼女はハイスクールの二年生だった。

友達から始まった二人の仲は、やがてより親密な関係へと発展した。

レティが社交界へデビューするため、マンハッタンの舞踏会に向かった五月の夕暮れ、ダレイオスは牧草地で怒りの炎に身を焦がしていた。彼女をエスコートする、ハーヴァード大学の学生が憎くてしかたなかった。

だが、レティは予定より早くフェアホルムに戻ってきてささやいた。〝あなた以外の人とは踊りたくなかったの〟

そしてダレイオスは――スペンサー家の運転手の息子は、決して叶《かな》えられないはずの夢を叶えた。春の花が咲く牧草地で彼女を抱きしめ、キスをしたのだ……。

あのときと同じワルツを踊っているうちに、ダレイオスの脳裏には過去の記憶が鮮やかによみがえった。人々はダンスフロアの端から二人のダンスを見守り、拍手をしている。その瞬間、ダレイオスとレティはマンハッタンの王と王妃だった。

しかしダレイオスの目には、レティ以外何も映っていなかった。心はあの春の牧草地に戻っていて、いまの彼は未来を無邪気に信じ、憧れの女性と踊る若者だった。そうだ、あのころからぼくは彼女が欲しかった……。

ダレイオスは不謹慎なまでにレティと密着していた。レティは息を詰め、きらめく瞳で彼を見つめている。二人のあいだには火花が散り、あたりの空気は熱を帯びていた。

ダレイオスは足を止めた。耳の奥では、音楽よりも大きな音で血が流れていた。

彼はレティが欲しかった。いますぐに。

オーケストラの演奏がふいに終わり、拍手が舞踏室の天井までこだました。ダレイオスは無言で、レティをダンスフロアから連れ出した。フロアの端にいた人垣が魔法のように二つに分かれ、歓声が二人を追いかける。誰もがレティに謝罪の言葉をかけていた。その中にはポピー・アレグザンダーもいた。

「ほんとうにごめんなさい、レティ。あなたの友達だと思われるのが怖かったの。あなたが悪いんじゃないのはわかっていたけれど、わたしは臆病だったから……」

「いいの、ポピー」レティはやさしく言って、ほかの人々を見た。「誰も責める気はないわ」

ダレイオスの脳裏に、激情家であるポピーの母親の顔が浮かんだ。ポピーがおびえるのも無理はない。だが、これ以上時間を浪費したくはなかった。

振り返りもせずに、彼はレティを引き寄せた。何もかもどうでもよく、ただ彼女とベッドをともにしたかった。

タキシードのジャケットから携帯電話を取り出してコーラント美術館を出ると、道路の端で待機するリムジンが見えた。コリンズが車から飛び出し、後部座席のドアを開ける。

二人がリムジンに乗ってドアが閉まるなり、ダレイオスはレティを荒々しく抱きしめてキスをした。

レティの唇はたまらなく甘かった。彼女が震えながら体をあずけると、ダレイオスの全身は欲望で硬直した。

「どちらに？」コリンズが運転席から尋ねた。「家だ」ダレイオスの声は興奮でうわずっていた。「できるだけ急いでくれ」

ダレイオスがボタンを押すと、運転席と後部座席を仕切るパネルが上昇を始めた。パネルが完全に閉まるまでの数秒は耐えがたいほど長く感じられたが、レティを誰の目にもふれさせるつもりはなかった。もうじゅうぶん彼女は人々の目にさらされていた。

二人きりになると同時に、ダレイオスはレティに激しい口づけをした。リムジンの窓から見えるニューヨークの夜景は格別だったものの、彼の目には彼女の美しさしか映っていなかった。感じていたのも、レティの長い髪と温かくシルクのようになめらかな肌のみだった。ダレイオスは彼女の体を座席に押しつけ、柔らかな唇を貪り、首筋にキスをして、豊かな胸のふくらみを愛撫《あいぶ》した。

レティの唇に歯を立てると、彼女は欲望にあえぎ、ダレイオスの肩をつかんで同じくらい激しく口づけに応えた。彼の唇が首筋からゆっくりと下に移動するのを感じながら、まぶたを閉じて頭を後ろに傾け、陶酔の表情を浮かべる。

ちょうどそのとき、リムジンはダレイオスが暮らす建物の前に停《と》まった。彼が目をやると、レティは座席にぐったりと体をあずけていた。大きなはしばみ色の瞳は欲望に陰り、黒髪は乱れ、ドレスの胸元ははだけている。車が停まるのがあと一瞬でも遅ければ、ダレイオスはドレスをたくし上げ、レティの中に荒々しく身を沈めていた。

リムジンの後部座席であわただしく、強引にレティを奪う――今夜思い描いていたのは、そんな展開ではなかった。二人の最初の夜は最悪だった。彼はレティのバージンを奪い、彼女を侮辱して、外に放り出した。だからこそ、今夜は完璧な夜にしたかった。

今度こそ、レティシア・スペンサーを――青春時代の憧れの女性を、ふさわしい方法で喜ばせたい。

そしてぼくも、ふさわしいやり方で楽しませてもらう。心ゆくまで。

ダレイオスが手を伸ばしてレティのドレスの胸元を直したとき、後部座席のドアが開いた。彼はレティの手を取り、リムジンを降りて優雅なエントランスに向かった。ドアマンが挨拶する。「おかえりなさいませ、ミスター・キュリロス」

「こんばんは、ジョーンズ」タキシードに身を固めたぼくは、上品で穏やかな男に見えるはずだ。だが心の中は、上品でもなければ穏やかでもない。

ダレイオスはレティの手を握り、荒れ狂う欲望をかろうじて抑えていた。二人は視線を合わせずにエントランスを歩き、エレベーターに向かった。

エレベーターの扉が閉まった瞬間、二人は激しく抱き合った。ダレイオスはレティの背中をエレベーターの壁に押しつけ、貪るようにキスをした。彼女が息を乱しながら言う。

「まだ信じられない。あなたがこんなことをするなんて」

「キスの話をしているのか？」

「五十億ドルの話よ。どうしてなの？　あなたは父を憎んでいるはずで――」

身を引き、ダレイオスは口角を上げた。

「ハワードのために、借金の返済を引き受けたわけじゃない」

エレベーターの扉が開いた。天井から床までを占める大きな窓からは、月の光が差し込んでいる。ダレイオスはレティの手を取り、ペントハウスの中へ導いた。

レティが立ち止まり、彼を見つめた。「だったら、なぜ？」

「我慢できなかったんだ、きみがひどい目に遭わされるのが」ダレイオスはかすれた声で答えた。「きみが犯した罪は、愛するに値しない人間を愛したことだけなのに」

レティが唇を噛んだ。「父が完璧じゃないのはわかっているけれど――」

「完璧じゃない？」ダレイオスの顎に力がこもった。「あの男は犯罪者以外の何者でも……」一度口をつぐみ、それから続けた。

「これからは、ぼくがきみを守る」

彼女が困惑した顔をする。「わたしを守るの？　それとも支配するの？」

「結局は同じだよ。ぼくは自分のものは大切にする男なんだ」

どうしたらいいのかわからないというように、レティは目を見開いている。まるで誰かに守られるのがどういうことなのか、忘れてしまったみたいだ。「でも、わたしはあなたのものじゃないわ。あなたが結婚するのは子供ができたからであって、どうしてもわたしを妻にしたいからじゃないでしょう」

「そんなことはない」

「結婚は、いいかげんな気持ちではできないのよ。永遠に続くものだから」

「わかっている」ダレイオスは言った。

レティは探るような目をした。「今夜でわたしはお払い箱にされると思っていたんだけれど」

彼女の手を取り、ダレイオスは唇に持っていった。「ぼくは明日もきみに会いたい。人生に新しい明日が来るかぎり、ずっと会い続けたいんだ」

「ダレイオス……」

「レティ、きみにはぼくと結婚してもらう」

彼は低い声で告げた。「きみはずっと前から、ぼくの花嫁になる運命だったんだ」


彼と結婚する？　ほんとうの意味で？

でも、それでいいの？

かりにダレイオスがもうわたしを憎んでいないとしても、愛しているわけではないはずだ。でも、わたしはまた彼を愛してしまいそうで、そうなるのが怖い。

二人が結婚したとして、幸福になれるの？

わたしが愛していても、彼は愛していない。

ダレイオスはただわたしを手に入れたいだけで、お金と引き替えにセックスと献身をもとめるつもりだ。

なのに、こんなに胸がときめくのはなぜ？

恐怖と欲望のはざまで、レティは身震いをした。

「寒いのか？」ダレイオスがきいた。

「寒くはないけれど……」赤ん坊がおなかを蹴り、レティはたじろいだ。「ちょっと外の風に当たりたいわ」

「それならおいで」ダレイオスは彼女の手を握ったまま、月明かりに照らされたペントハウスの奥に向かった。

レティはいまだに信じられなかった。ダレ

イオスは婚約を発表し、人々の前で彼女を弁護し、その父親がだまし取った五十億ドルを返済すると宣言した。

あのとき、レティは衝撃に打たれた。それから遠い昔、春の牧草地で踊ったようにダレイオスと踊った。ワルツを練習したのは、父の弁護士の甥《おい》だというハーヴァード大学の学生のためではなく、ダレイオスのためだった。

ダレイオスの言うとおり、わたしは彼のものなのだ。ダレイオス・キュリロスは、わたしが愛したただひとりの男性だから。

彼はレティの先に立って階段を上り、ガラスドアを開けて、専用の屋上庭園に出た。

レティは息をのんだ。ツタのからまる蔓棚《つるだな》は豆電球で美しく飾られ、プールは青い光に照らされている。ビロードを思わせる夜空には星がダイヤモンドのようにきらめき、テラスにあるガラスの壁の向こうにはマンハッタンの夜景が見えた。

レティは怖くて屋上の端には近寄れなかった。だが、ダレイオスはガラスの壁から七十階下の街を見下ろした。

どきどきしながら、レティは彼に近づいた。

「すてきな屋上ね」

「この庭園の花を見ると、家を思い出すんだ」ダレイオスは言った。ギリシアのこと？　それともフェアホルムかしら？　レティは疑問に思ったものの、あえて尋ねず、緑豊かな屋上庭園にふたたびゆっくりと視線を向けた。

「あなたは摩天楼という渓谷を見下ろす、ニューヨークの王さまなのね」

振り向いたダレイオスは歩み寄り、驚くレティの前で唐突に片方の膝をついた。そしてタキシードのジャケットのポケットから、黒いベルベットの小箱を取り出した。「それなら、きみはニューヨークの王妃になるべきだ。レティ、ぼくと結婚してくれないか？」

彼は小箱の蓋を開けた。その中身は、見たこともないほど大きな洋梨型のダイヤモンドをはめ込んだ、プラチナの指輪だった。

レティの呼吸が止まったのは指輪のせいではなく、ダレイオスの表情のせいだった。黒い瞳には切望の光がたたえられていたのだ。そこには、かつて心から愛した若者の面影があって、一瞬レティの心臓が止まった。

いいえ、見間違いだわ。レティは自分に言い聞かせた。いまのダレイオスは、昔の彼じゃない。けれど手を伸ばして指輪を撫《な》でると、ダイヤモンドが星のように輝いた。その輝きはマンハッタンという街と、彼の黒い目に宿る情熱にそっくりだった。

「結婚したら、二人とも傷つくことになるわ」レティは震える声で言った。

ダレイオスはゆっくりと立ち上がり、プールの明かりに照らされつつ、彼女の頬に手を当てて顔を近づけた。「イエスと言ってくれ。

そうすればきみはぼくのものだ」

最初のうちキスはやさしく、レティはダレイオスの唇のぬくもりを感じた。彼の腕に力がこもり、飢えたような抱擁が始まると、熱い何かがレティの体の中に渦巻いた。

「イエスと言うんだ」ダレイオスが命じた。

「イエスよ」彼女はどうにか答えた。

勝ち誇ったような表情が、ハンサムな顔に広がる。「ほんとうだな?」

レティは目に涙を浮かべてうなずいた。

「もう引き返せないぞ」彼が警告する。

「わかっているわ」胸に迫る戦慄を、彼女は無視しようとした。これは興奮なの? それとも恐怖?

自分の決断が正しいのか間違っているのかは、わからなかった。でも、選択の余地はない。ダレイオスの言ったとおり、わたしはずっと彼の花嫁になる運命だったのだ。

ダレイオスはレティの左手の薬指に指輪を滑らせた。サイズはぴったりで、ダイヤモンドが月光を浴びてきらめく。「どうしてわたしの指輪のサイズを知っているの?」

「同じ指輪なんだ」

「どういうこと?」

「十年前に買った指輪の、宝石だけを取り替えた」

彼は十年前に買った指輪を手放さずにいたんだわ。そう思ったとたん、レティの胸は締めつけられた。それって、まだわたしをちょっぴりでも思っている証拠にならないかしら?「ダレイオス……」

「きみはぼくのものだ、レティ」ダレイオスは彼女の額に、左右のまぶたと頬に口づけをした。「永遠にぼくのものだ」

そして唇にもキスをする。

快楽の火花がレティの体を駆け上がっては駆け下りる中、ダレイオスの手が彼女の腕を撫で下ろし、ドレスの上から胸を包み込んだ。

レティの背中が、ツタのからまる石の壁にぶつかった。頭上では豆電球が風に揺れ、摩天楼と月が光を放っていた。

ダレイオスの唇が喉にふれ、レティはまぶたを閉じた。なんだか夢を見ているようだ。

ダレイオスはレティを抱え上げ、屋上にある東屋に似た空間に運んだ。そこのテーブルの上ではシャンデリアが輝き、暖炉の前には革張りのソファが置かれていた。

彼はシャンデリアをつけ、暖炉にガスの炎をともした。揺らめく炎がその顔を照らすあいだも、風が吹き抜けていくのを感じた。

タキシードのジャケットを脱いで床に放り出すと、レティのファスナーを下ろし、ドレスをジャケットのかたわらに落とした。前に進み出たレティが身につけていたのは指輪とネックレス、ブラジャーとショーツ、そしてピンクのハイヒールだけだ。

ダレイオスは一歩後ろに下がり、まじまじとレティを見た。「きれいだ」しかし、あえぐようにつぶやいた彼の目はショーツをとらえていて、レティは顔をしかめた。

「欲しいものはかならず手に入れるわけ？」

「そうとも。だからきみを手に入れる」

ダレイオスの顔に欲望の色が浮かび、レティの胸は躍った。手を伸ばした彼女は、ゆるめた蝶《ちょう》ネクタイをつかんで彼の顔を引き寄せ、キスをした。

レティが積極的に動いたのは、今回がはじめてだった。ダレイオスは満足そうにうなり、彼女をきつく抱きしめて、飢えたような口づけを返した。

ダレイオスの手がレティの体をさまようせいで、彼の服を脱がせるには手間がかかった。それでも、蝶ネクタイやカフリンクス、ドレスシャツをつぎつぎに床へ投げ出す。

揺らめく暖炉の炎に照らされたダレイオスの裸身は、大理石の彫刻を思わせた。そっと撫でた胸は、シルクで覆われた鋼鉄のようだ。

「わたしがあなたのものなら」レティはささやいた。「あなたもわたしのものだわ」

ダレイオスがレティを抱き寄せ、たくましい体を彼女の豊かな胸とせり出したおなかに密着させた。シルクのブラジャーのホックがはずされると、レティはあらわになった胸のふくらみにそよ風を感じた。

二つのふくらみを両手で包み込み、ダレイオスが頭を低くして、ピンクになった胸の頂の片方に唇でふれた。もういっぽうにも同じことをする。

レティは悦楽にわななき、まぶたを閉じた。

彼の手は彼女のおなかから、華奢《きやしや》なシルクのショーツに包まれたヒップへ下りていった。

脚を撫で下ろしたあと、ダレイオスはひざまずいてハイヒールを脱がせ始めた。レティはダレイオスの肩をつかみ、バランスを取ろうとした。彼の愛撫はペディキュアを施された足から、柔らかな膝の裏へ、さらにその上へと移動していく。太腿にふれられて、レティは息をのんだ。

シルクのショーツが下ろされるあいだも、彼女は目を閉じていた。しかしつぎの瞬間、ダレイオスはいらだたしげにショーツを引き裂き、かたわらに放り出した。

「高かったのに」レティは文句を言った。

彼が残忍でセクシーな笑みを浮かべる。

「もう役目は終えた」

氷のような恐怖がレティの胸に広がった。いつかわたしも役目を終えたら、ダレイオスにずたずたにされ、捨てられてしまうの？

けれど、ひざまずいたダレイオスが彼女のヒップをつかんで下腹部に顔をうずめると、レティの理性は吹き飛んだ。

かすかなうなり声とともに、ダレイオスは

レティの脚のあいだを味わった。ソフトクリームをなめるように彼の舌が動き、レティがあえぐと、愛撫は荒々しさを増した。たちまち快感が彼女の体じゅうで爆発し、両膝から力が抜けて、全身が痙攣《けいれん》する。

レティがぼんやりと至福の余韻にひたっているうちに、ダレイオスは立ち上がり、裸身を黒い革のソファに横たえた。その下腹部は硬くこわばり、レティをもとめていて、彼女は足を踏み出したものの躊躇《ちゅうちょ》した。

欲望のあかしは大きくたくましくて、レティは顔を赤らめた。「どうしたらいいの?」

ダレイオスは低く笑い、彼女を引き寄せた。

「教えてあげよう」

彼はレティを抱き寄せ、体を彼女の大きなおなかに押しつけてから、頬をてのひらで包み込んで顔を引き寄せた。

口づけはやさしく、レティはため息をついた。ダレイオスが彼女の背中を、腕を、腹を、胸のふくらみを愛撫するあいだに、キスが熱く激しくなる。それからレティの腰をつかんで持ち上げ、欲望のあかしを彼女の下腹部に押し当てた。

レティの腰が一センチ、また一センチとゆっくり下りていく。ダレイオスは緩慢に、じらすように彼女を満たしていった。

体の内側にダレイオスを感じ、レティは息をのんだ。彼はさらに奥を目指していき、彼女は全身をこわばらせた。

　そのあと、ダレイオスはレティの腰を持ち上げては下ろして、リズムを教えた。ほどなくレティの体は、おのずから揺れ始めた。くるおしい喜びにまぶたを閉じ、彼女はダレイオスの上で同じ動作をくり返した。ゆるやかだったリズムがしだいに速くなると、快楽もぐんぐん高まっていき……。

　歓喜が体を震わせた瞬間、レティは声にならない叫び声をあげた。同時にダレイオスも、うなり声とともに力つきた。

　レティは黒いソファにいる彼の上に、がっくりと倒れ伏した。

　しばらく、ダレイオスはレティをやさしく抱きしめていた。汗にぬれた二人の体は、まだつながったままだった。

　レティはダレイオスの腕の中で震えた。

　この人と結婚するのは、自分から災厄に飛び込んでいくようなものだ。彼に心を奪われたら、確実にわたしは破滅する。

　彼女は左手にきらめく、ダイヤモンドの指輪に目をやった。

　ダレイオスが昔のようにやさしく寛大な男性だったら、わたしはためらうことなくすべてを捧《ささ》げたのに。体や姓だけではなく、わたしの心も。

8

ぼくは取り引きの天才だな。翌日窓から朝の光が降りそそぐ中で目を覚まし、ダレイオスは思った。かたわらで眠るレティに、視線を向けてほほえむ。たしかに天才だ。五十億ドルでこれだけのものを手に入れたのだから。

これからは、刺激に満ちた人生を送ることができる。昨夜のセックスは最高だった。

額にそっとキスをすると、レティは猫のように伸びをした。「何時なの？」目を閉じたまま尋ねる。

「もうすぐ昼だ」

レティはまぶたを開けた。「いけない！ 仕事に遅れちゃう——」そこで自分の人生が昨日、激変したことを思い出したようだ。「そうね、そうだったわ」頬を赤らめるレティは、たまらなく愛らしかった。

昨夜、二人は四度も体を重ねた。屋上の部屋で、ベッドで、シャワーを浴びながら。そしてまたベッドに戻ったが、結局また快楽を貪り、汗をかいたのだった。

レティはぼくのものになる運命だったんだ。ダレイオスは思った。ベッドでこれほどの満足感を味わったのは生まれてはじめてだった。

「腹はすいているか？」

「飢え死にしそうだわ」レティは答えた。

ダレイオスはベッドを出ると、白いローブを羽織り、彼女にもローブを手渡した。「キッチンに行こう」

その瞬間、レティの顔がこわばった。「ペントハウスに使用人はいない、とあなたは言ったはずよ。いるなら、昨日の夜あったことは全部聞こえていたはず――」

「住み込みの使用人はいない。週四日で通いの家政婦が来るだけだ」

「それなら、誰がお料理するの？」

「料理くらい、ぼくにもできる」

彼女が驚きの表情になった。「まさか」

「信じていないな？」ダレイオスはにやりとした。「とにかく、キッチンに行こう」

ダレイオスはトマトとベーコンと五種類のチーズが入ったオムレツを作り、氷を入れたオレンジジュースとともに出した。ひと口食べたとたん、レティは目を丸くした。

「おいしいだろう？」彼はレティのとなりに腰を下ろし、ハムとチーズのオムレツにサルサソースをかけた。

「おいしい」レティはぱくぱく食べた。「結婚式には、このオムレツを出すべきね」

「ほめてもらえるのはうれしいが、千人分のオムレツを作る気はないな」

彼女は凍りついた。「千人分って、招待客

の話をしているの？」

ブラックコーヒーを飲んで、ダレイオスは肩をすくめた。「ぼくたちの結婚式は、今年の社交界最大のイベントになる。誰もがきみの足元にひれ伏すんだ」

レティはもうひと口オムレツを食べた。

「そういうのは好きじゃないわ。結婚式は喜びに満ちたイベントでないと。社交界にわたしの友達はひとりもいないのに、どうしてそんな人たちをよばなくちゃならないの？」

「自分のほうが上だと連中に思い知らせる、絶好のチャンスだろう？　社交界における女王の地位を取り戻したんだから」

彼女は鼻を鳴らした。「そもそもわたしは、一度も女王なんかじゃなかったわ。社交界のルールも知らない、本の虫だったんだもの」

「知らなかったな。てっきりぼくは――」

「甘やかされた、わがままなお嬢さまだと思っていた？」レティは奇妙な笑みをダレイオスに向けた。「甘やかされていたのは事実ね。でも、あなたが考えているような意味ではないわ。わたしはいつも愛されていただけ。愛し合う両親からね」

レティは復讐《ふくしゅう》に興味がないんだ。ダレイオスは思った。彼女は他人を苦しめて喜ぶタイプではない。フェアホルムで暮らしていたころも、たいていは書斎で本を読んだり、キッチンでケーキを焼いたり、庭師の子猫と遊んだりしていた。周囲の注目を浴びるのが苦手で、自分よりも他人のことを考えたがった。

「昔のわたしには、〝家〟と呼べる場所があった」レティがつぶやいた。

ダレイオスは海に面した美しい石造りの館を思い出した。「フェアホルムが恋しいか？」

レティは悲しそうな笑みを浮かべた。「フェアホルムが存在しないことはわかっているわ。でも、いまでもあそこの夢を見るの」

「きみの家はどうなった？」

彼女は皿に視線を落とした。「億万長者に買われて、すっかり改装されたの。ネオンの照明が取り付けられて、子供部屋はディスコにされたらしいわ。もちろん何をどうしようと、いまの持ち主の勝手よ。でも曽祖母のフレスコ画が工事で壊されると聞いたから、写真を撮らせてほしかったのに、その頼みさえ断られてしまったの」

ダレイオスも子供部屋のフレスコ画はおぼえていた。ガチョウやアヒルを連れて村を歩く、悲しげな瞳をした少女の絵は彼の趣味ではなかったが、あれもまた館の歴史の一部だった。「ひどい話だな」

レティはぎこちない笑みを浮かべた。「別に気にしてはいないわ。いいものは、いずれ消えゆく運命にあるから」

「悪いものも同じだ。すべては消えゆく運命にあるんだ。いいものも、悪いものも」

「そうかもしれないわね。とにかく、社交界の人たちを招待するような盛大な結婚式は必要ないわ。あなたと、わたしと、家族と、親しい友達がいれば充分よ。花嫁付き添い人もひとりでいいわ」

「付き合いの長い友達に頼むのか？」

レティはほほえんだ。「新しい友達に頼むわ。ベル・ラングトリーは、わたしが働いていたダイナーのウエイトレスなの。あなたはどう？　花婿付き添い人は決まっている？」

「アンヘル・ヴェラスケスに頼むよ」

「アンヘルって、スペイン語で天使という意味よね？」

「愛称なんだ。ほんとうはサンティアゴというんだが、本人はその名前を嫌っている。彼を認知しなかった父親の名前だからな」

「かわいそうに！」

ダレイオスは肩をすくめた。「だから、ぼくは彼を姓で呼んでいる。ただ、ヴェラスケスは結婚式が大嫌いなんだ。最近、カシウス・ブラックという友人の付き添い人をつとめたそうだが、そのあと何カ月も文句を言っていた」

レティは混乱しているようだ。「そんな人を招待するの？」

「少しつらい目に遭わせてやりたいんだ。会えばわかると思うが、自信過剰な男で、いつもで自分が正しいと信じているから」

「わたしの近くにも、そういう人がひとりいるわ」レティが皮肉を言った。

「とにかく、ヴェラスケスは参列する。あとは親戚だな」

彼女の目が輝いた。「親戚って？」

「アテネにいる大おばのイオアンナ。それから、おじ、おば、いとこ。生まれ故郷であるヘラクリオスの村の住人たちだ」

「それだけの人数を、ギリシアからよぶつもりなの？　わたしのほうは当然父を――」

「無理だな」

「無理？　親戚の人たちがこっちに来られないのなら、ヘラクリオスで式を挙げてもいいのよ」

「きみの父親の話だ。あの男を招待するつもりはない」

「そんなわけにはいかないわ。わたしの実の父なんだから、祭壇まで歩いてもらわないと。あなたが嫌いなのはわかっているけれど、父はわたしのたったひとりの家族なのよ」

ダレイオスの声は低く冷たかった。「ぼくたちの半径三メートル以内に、あの男を近づけるつもりはない」

「何ですって？」

「この件に関しては絶対に譲れない」彼はレティの肩をつかんだ。「ぼくはハワードの借金を残らず返す。だがその代償として、二人の人生からきみの父親を徹底的に締め出してもらいたい」

彼女が身を引いた。「でも、わたしの実の父なのよ。父を愛しているのに——」

「ハワードはきみに愛される資格を、何年も前に失った。あの詐欺師が家族に近づくのを、ぼくが許すと思うか？」

「父は人をだますつもりなんてなかったの。株価さえ上がれば、借りたお金をきれいに返せると思っていた。投資家として失敗をくり返したのは母を失ったせいで、刑務所を出たあとは体調もよくないの。父がどんな苦労をしたのか、わかってもらえれば——」

「ぼくが同情するとでも？」ダレイオスは信じられないというように言った。「体調が悪い？　妻を亡くした？　だが、きみとぼくが別れたのはあの男のせいだ。ぼくの父が早死にしたのも、あの男が原因じゃないか！　父はハワードに二十五年も献身的につくした。だが、その結果はどうだ！」

「ダレイオス、お願いよ」

「あの男がきみと祭壇まで歩く？　ぼくがそんなことを許すと思うのか？　二人の最初の子供を、ハワードに抱かせるなど冗談じゃない。あいつは良心も魂もない怪物だぞ」

「あなたは父をよく知らないから、そんなことを……」

レティが父を深く愛しているのを思い出し、ダレイオスは作戦を変えた。「ほんとうにハワードを愛しているのなら、ぼくの提案を聞いてくれ。彼のためにもなるはずだ」

「何なの？」

「ぼくが借金を完済すれば、ハワードが腕を折られる心配はなくなる。仕事の面接を受けても、彼が経営者から疑いの目で見られることもないだろう」

「父は働けないわ。誰も雇ってくれないもの。放っておいたら飢え死にするかもしれない」

嫌悪感が胸に渦巻いたが、ダレイオスは続けた。「そうならないように、ぼくが手を打とう。ハワードがこれからもブルックリンのアパートで暮らせるように、家賃は肩代わりする。食べ物や生活必需品にも不自由しないよう取り計らう。だがあの男には、自分がしたことの責任は取ってもらう。充分すぎるくらい、きみに苦労をかけたからな」

ダレイオスは立ち上がり、テーブルに老いてあったレティのハンドバッグから携帯電話を取り出した。

「ハワードに電話するんだ。あの男が何と言うか、確かめてみようじゃないか」

レティは携帯電話を受け取り、深呼吸をすると、短縮ボタンで父の電話番号にかけた。

「おはよう、父さん」彼女はそこで間を置いた。「ええ、ごめんなさい。父さんが心配するのも当然ね。連絡しようと思ったんだけれど……えっ？　知っているの？」ダレイオスに視線をやる。「あなたが五十億ドルの借金を肩代わりするというニュースは、すっかり広まっているみたい。それから、わたしたちの婚約の件も。父は舞い上がっているわ」

「そうだろうとも」ダレイオスは辛辣な口調で言った。

「ええ、そうよ」レティは父親に注意を戻し、つらそうな目でダレイオスを見た。「わたしたちはとてもしあわせよ。でも、話しておかければならないことがあるの。どう言えばいいのか、わからないんだけれど……」彼女は深く息を吸い込んだ。「わたし、もう父さんには会えないわ。赤ちゃんを見せることもできないの」


ダレイオスは、ハワードの返答に聞き入るレティを観察した。彼女は苦悩に満ちた表情を浮かべていた。

それでも、わき上がる同情はねじ伏せた。レティのためを思えば、ここは冷酷になるしかない。そのやさしさゆえに、彼女が身を滅ぼしかねないならば。

「違うの。父さんを見捨てるつもりはないわ。そうじゃなくて……」レティは黙り込んだ。悲しげな顔をしたあと、やがて彼女は小さな声で言った。「そうね。わかったわ。わたしも愛している」

レティは涙を拭き、携帯電話をダレイオスに差し出した。

「父はあなたと話したがっているわ」

彼は驚きに打たれた。予想外の展開だったが、電話を受け取って耳に当てる。「話とは何です?」冷ややかな声で尋ねた。

「ダレイオス・キュリロスだな。きみがフェアホルムに来た当時のことは、よくおぼえている。あのころは英語もろくに話せなかったが、きみは頭の切れる少年だった」

忘れていたはずの記憶が脳裏によみがえった。ダレイオスが父に連れられて、はじめてフェアホルムに足を踏み入れたのは、十一歳のときだった。祖母と死に別れたばかりの彼は、アメリカの生活になじめず、ひたすらギリシアが恋しかった。

だがハワードは、故郷と祖母を失った少年を温かく迎え入れた。それどころか、自分の五歳の娘にダレイオスの面倒を見るように命じさえした。心やさしいレティは、またたくまに彼と友達になった。彼女はダレイオスに自分のおもちゃを貸し、敷地内の野原や海岸を案内した。クリスマスになると、ハワードはダレイオスにプレゼントを贈り、〝きみの未来のために援助を惜しまない〟と約束してくれた。

ダレイオスがソフトウェアの開発会社を立ち上げられたのも、ある意味ではハワードのおかげだった。ダレイオスは十代のころにコンピュータの魅力に取りつかれ、独学で修理とプログラミングの技術を身につけた。その結果、フェアホルムの防犯設備と無線通信を一手に引き受けるようになった。

ダレイオスをフェアホルムの技術担当者として雇い、ハイスクール卒業後も住み込みで働くことを許したのは、ほかならぬハワードだった。ダレイオスが地元の大学でコンピュータの専門技術を学べたのも、ハワードの経済援助があったからだった……。

ダレイオスは胸に痛みをおぼえた。これは……罪悪感か？　いや、違う。彼は自分の行動を正当化しようとした。たしかにハワードは、ぼくの学費を払ってくれた。だがその金は、詐欺まがいの手口で集められていた！


「きみは頭の切れる少年だったが、頑固でプライドが高く、どんな問題も自分ひとりで解決しようとし、レティ以外の誰の力も借りようとしなかった。あの子の力を借りたときでさえ、自分ですべてを仕切り、ひとりで全責任を負おうとした。きみはレティの強さに気づいていないんだ」

「何が言いたいんです？」

「娘と孫をよろしく頼む」ハワードは静かに告げた。「わたしが言うまでもないことはわかっているが、それがきみたちに会わない条件だ」通話はそこで唐突に切れた。

「父は何て言っていたの？」

「それは……」ダレイオスは奥歯を噛《か》みしめ

た。あの男は駆け引きを長引かせようとしているにすぎない。レティと結婚すれば、ぼくの態度が軟化すると踏んでいて、過去の罪もいずれは水に流してもらえると期待しているのだ。

だが、ダレイオスにハワードを許すつもりはなかった。

「父が何て言ったのか、教えてちょうだい」レティが懇願する。

彼は皮肉っぽい笑みを向けた。「ぼくたちの結婚を祝福する、と言っていた」

彼女が肩を落とした。「わたしにもそう言っていたわ」

つまり、ぼくの読みは当たっていたわけだ。

ダレイオスは歯ぎしりをした。狡猾《こうかつ》な男め。ほんとうに娘を操る方法を知りつくしている。

しかしぼくは、ハワードに操られはしない。ハワードは倒壊寸前のアパートで、誰からも愛されない孤独な人生を送る。それがふさわしい余生だ。

ぼくと結婚すれば、レティも父親を嫌うようになるだろう。少なくとも、あまり考えなくなるはずだ。

彼女はぼくだけを愛していればいい。

それでも、ぼくがレティを愛することはない。愛という名の幼稚な幻想は、はるか昔に燃えつきてしまった。とはいえレティにとっては魔法に等しい力を持つものだから、彼女を幸福にするには愛を利用するしかない。生まれてくる子供のためにも、彼女がぼくを愛するように仕向けなくては。

「きみは正しい選択をした」ダレイオスはレティを引き寄せ、額にキスをした。「決して後悔はしないはずだ」

「もうしているわ」

ダレイオスは身を乗り出し、涙にぬれた彼女の頬にもキスをした。「それならぼくが慰めてあげよう」

唇を奪われると、レティはため息をもらし、ダレイオスを抱きしめた。彼はレティのローブの紐《ひも》をほどいて前をはだけ、彼女の裸身に指を走らせた。腕を大きく振り、カウンターの上の食器を残らず払い落とす。床に落ちた食器は、音高く砕け散った。

ダレイオスは未来の花嫁をカウンターに横たえて、自分のものにした。レティがすすり泣くと、喜びの涙を流しているのだと彼は自分に言い聞かせた。レティは悲しんでいるわけではない。

レティは理想の結婚式を思い描くタイプではなかった。十八歳で駆け落ちに失敗して以来、そんな憧れは抱かなくなった。

それでも、ぼんやりと想像するくらいはあった——式を挙げるなら、ウェディングドレスもケーキもブーケも、シンプルなほうがいい。そして祭壇まで、父と歩く。

けれど実際の結婚式は、想像とはまるで違うものになった。

プロポーズから二日後、二人は結婚した。レティにとっては、最悪の結婚式だった。

自業自得よ。レティはそう思いながら判事の前で〝夫を尊重し、慈しみます〟と誓った。悪いのはわたしなんだわ。

ダレイオスを別にすれば。

父との電話を終えたあと、レティは悲しみに打ちひしがれるあまり、結婚式のことなど何も考えられなかった。カウンターの上でダレイオスとひとつになっても、暗い気持ちは晴れず、心はうつろだった。

しかも、ダレイオスはリゾート地での挙式を提案してきた。〝社交界の連中をよびたくないのなら、ハワイのビーチか、冬の南米で式を挙げるのはどうだ？　何なら、シドニーのオペラハウスを借りきってもいい〟

レティはみじめな表情を浮かべた。〝わたしの望みは、父が結婚式に参列することよ。どうせ愛はないんだから、どんな式でも大した違いはないでしょう？〟

部屋の空気が一瞬で冷えた。〝なるほど。それなら、式は市の庁舎ですませよう〟

こうして二人は二日後の午後に市庁舎へ向かい、順番を待つしあわせそうなカップルにまじって三時間待った。

レティもダレイオスも、結婚式のために特に着飾ってはいなかった。レティはシンプルなブラウスにマタニティパンツで、ダレイオスは黒いシャツと黒いジーンズだった。

しかも立会人をつとめたベル・ラングトリーとアンヘル・ヴェラスケスは、顔を合わせた瞬間からいがみ合いを始めた。それが〝史上最悪の結婚式〞を完成させる、最後のピースになった。

こんなはずじゃなかったのに、とレティは心の中で悲しくつぶやいた。父さえいてくれたら。わたしとダレイオスが愛し合ってさえいたら。そうすればほかの問題なんて、まるで気にならなかった。


しかし、二人の結婚に愛はない。

レティとダレイオスは花婿付き添い人と花嫁付き添い人が言い争う中、自分たちの順番が来るのを待ち続けた。レティは涙があふれるのを止められず、ダレイオスににらまれてもどうすることもできなかった。

午後も遅くになって、ようやく二人の番号が読み上げられ、一同はデスクに近づいた。これから二人が永遠の絆《きずな》で結ばれることを、判事は事務的な口調で説明した。

ダレイオスが誓いの言葉を口にすると、レティの胸は締めつけられた。判事が締めくくりの台詞《せりふ》を口にする。「いまこの瞬間より、あなたたち二人は夫と妻になりました」

結婚式は三分で終わった。

ベルが拍手をして歓声をあげたとき、ダレイオスはキスをするために身をかがめた。けれどレティは本能的に顔をそむけ、花婿の唇を頬で受けとめた。

結婚証明書への署名が終わったのち、四人は市庁舎をあとにし、雨が降りしきる灰色の九月の空の下に出た。

「すてきな結婚式だったわね」ベルはため息をついた。どうやら彼女は現実とは何のかかわりもない、ロマンチックなイメージに酔いしれているようだ。「あなたたちは完璧なカップルよ」

「きみはおとぎの国の住人のようだな」アンヘルが口をはさむ。「二人はおたがいの顔も見たくないはずだ」

ベルがいらだたしげな顔で振り向いた。

「少しは言葉に気をつけたらどうなの?」

アンヘルは肩をすくめ、ダレイオスを見た。

「彼女が妊娠したから結婚したんだろう?」

「ヴェラスケス、結婚式当日におまえを殴りたくないんだがな」

ベルが得意げに言う。「ほらね? ダレイオスが〝顔も見たくない〟のは、レティじゃなくてあなたのほうなのよ」

スペイン人大富豪は動じなかった。「ここで真実を口にしているのは、ぼくひとりのようだな」

「結婚には愛とか献身とか、あなたには理解できない繊細な感情が必要なの。自分を賢いと思っているみたいだけれど、式をだいなしにする話しかしないなんて悪趣味だわ！」

アンヘルの瞳が鋭い光を放ち、このままだと二人の口論は醜悪な結末を迎えるのではと、レティは不安になった。ところが、アンヘルはぎこちなくうなずいた。「きみの言うとおりだな」

ベルは目を丸くし、アンヘルを見つめ返して不機嫌そうに口を開いた。「当然だわ。わたしはいつだって正しいんだから」

レティは安堵《あんど》のため息をもらした。どうやら、口論はこれで終わりのようだ。

「そうかな」しかし、アンヘルが皮肉っぽく返した。「おとぎの国に住んでいては、いつだって間違ってばかりなんじゃないか？」

ベルはアンヘルをにらみ、レティのほうを向いた。「いい式だったならいいんだけれど。わたしは誰かみたいに失礼にはなれないの。テキサスの人間はマナーを知っているから」

「ぼくはテキサスに牧場を持っている」アンヘルが口をはさんだ。「それと、きみは口ばかりで行動が伴っていない」

怒ったベルが息をのんだ。それから甘い声で言う。「女の子みたいな名前の人が言いそうなことね」

アンヘルがいらだたしげな顔になった。

「きみのその発言は正しくないぞ。アンヘルは男の名前だ。スペイン語圏では――」

「ああ、見て。リムジンが来たわ」ベルが言った。

「やっと来たか」リムジンが停《と》まると、ダレイオスは花嫁のために後部座席のドアを開けた。レティが中に乗り込む。

しかしベルとアンヘルがリムジンに乗ろうとすると、ダレイオスは二人を制した。

「二人とも、今日はよく来てくれた。感謝しているよ。だが、これからぼくとレティは、まっすぐギリシアに行くんだ」

ベルはけげんそうな顔をした。「発《た》つのは明日だと思っていたけれど」

「ところが、すぐ飛行機に乗らなければならなくなったんだ。ぼくの家族が花嫁に会いたがっていてね」

「そういうことなら……しかたないわね」ベルは車に乗っていたレティを抱きしめた。

「ハネムーンを楽しんできてね！　あなたはしあわせになる資格があるんだから！」

ベルはああ言ってくれたけれど……。走るリムジンの中で、レティは思った。父を見捨てたわたしには、しあわせになる資格なんてない。

窓の外では灰色の雨が振っていて、郊外の小さな飛行場に着くまでの一時間半、かたわらにいるダレイオスはずっと無言だった。プライベートジェットに乗るときも、彼はレティに声をかけようとしなかった。

それでも彼女はかまわなかった。いまはただ疲れていて、みじめだった。機内の寝室に閉じこもってベッドに身を横たえると、頭から毛布をかぶり、涙をこらえて目を閉じた。

目を覚ましたとき、そこは別世界だった。

レティは体を起こして息をのんだ。

プライベートジェットの機内ではなく、彼女はキングサイズのベッド以外は何もない、広く明るい寝室にいた。

開いた窓からはまばゆい光が差し込み、白い壁と赤いタイルの床を照らしている。外からは、笑い声と鳥のさえずりが聞こえた。

ここはどこなの？　レティは毛布とコットンのシーツに目をやって驚いた。ブラジャーとショーツしか身につけていない！　眠っているうちに服を脱がされたんだわ！

いつのまに、ここに寝かされていたの？

大西洋上空を飛ぶプライベートジェットの中で、泣きながら眠りに落ちたのはおぼえている。結婚式前は眠れなかったので、熟睡してしまったのだ。ダレイオスに抱えられて運ばれたことも、うっすらと記憶に残っている。

「目が覚めたようだな」

レティが顔を上げると、開いたドアの向こうに夫がいた。黒いTシャツにカーゴパンツという、いつもよりカジュアルな装いだ。

「ここはどこ？」

「ヘラクリオス島にある、ぼくの家だ」

「いつ着いたのか、よくおぼえていなくて」

「きみは疲れて眠っていたからな」

「いま、何時なの？」

「ここの現地時間という意味か？　午後二時前だ」ダレイオスはかたわらのドアを身ぶりで示した。「シャワーが浴びたければ、そこのバスルームを使うといい」それから、大きなウォークインクローゼットを指さす。「きみの服はあそこに入れておいた」

「わたしの服を脱がせたのはあなた？」

「起こしたくなかったからな」

レティは唇を噛んで、ベッドに視線をやった。「あなたも……ここで眠ったの？」

ダレイオスの肩に力がこもった。「きみが眠っている隙に勝手なまねをしたのか、という意味なら、答えはノーだ」

「別にそういう意味じゃ――」

「服を着るといい。準備ができたら、テラスに来てくれ。家族を紹介する」

レティはダレイオスが去ったドアを茫然《ぼうぜん》と見たあと、のろのろとベッドから出た。長く眠りすぎて体はこわばっていた。

大理石張りの上品なバスルームでシャワーを浴び、さっぱりしてから、バスタオルで体を包んで曇った鏡を拭く。鏡には青ざめた、悲しげな顔が映っていた。

これから夫の家族に会うというのに、ひどい顔。レティは思った。きっとみんな、アンヘル・ヴェラスケスと同じように、ダレイオスが結婚したのはわたしが妊娠したからだと考えるんだわ。でなければ、ダレイオスがわたしなんかを妻にするはずがない。

ドライヤーで髪を乾かし、口紅を塗り、レティはクローゼットから取り出したサンドレスを身につけた。しかし廊下を歩きだしたとき、膝は震えていた。

深呼吸をして、太陽に照らされたテラスに足を踏み出す。

壁にブーゲンビリアが這《は》うその場所からは、ヘラクリオス島の山々とイオニア海が見渡せた。どこもかしこも、鮮やかな色彩に満ちている。青い海と空、白い建物、ピンクの花、褐色の大地、緑の木々。

日差しは強かったけれど、心地よくもあった。そのとき、木のテーブルに座る人々が目に入った。テーブルからダレイオスが立ち上がると、会話がふいにとだえ、人々がいっせいに彼の視線を追った。

ダレイオスは無言でレティを迎えた。彼女の頬にキスをし、背後の男女を振り返って英語で言う。「ぼくの妻、レティだ」

年配の女性が立ち上がり、レティを赤くなった顔から大きなおなかまでまじまじと見つめた。そして笑みを浮かべて彼女の頬に手でふれ、何ごとかギリシア語で言った。

ダレイオスが通訳した。「この島の太陽と海のおかげで元気を取り戻したようだ、と大おばは言っている」

年配の女性がさらに何か言うと、ダレイオスは彼女にほほえみかけた。「そうだね、イオアンナ大おばさん」

「今度は何て言ったの？」

「結婚はぼくにいい影響を与えたようだ、と言ったんだ。とはいえ実のところ、ぼくたちの結婚式は……」

「最低だったわね」

「たしかに理想的とは言えなかったな」ダレイオスは身をかがめ、レティの耳元でささやいた。「だがハネムーンで、埋め合わせができる気がするんだ」

夫の吐息が髪にかかると、先ほどまでいた巨大なベッドで味わえる喜びをほのめかされたようで、レティの体に電流のような衝撃が走った。

ダレイオスはテーブルに座るおじやおば、いとこたちにもレティを紹介した。ギリシア語が話せたらよかったと思いながら、レティはキュリロス家の人々の抱擁を受けた。誰もが彼女に好意的だった。

若い女性がレティの腕をつかみ、テーブルの上座に導いた。レティが空腹だと知ると、人々はテーブルに並ぶ料理を彼女のために取り分けてくれた。オリーブ、きゅうりのサラダ、トマトを添えたチーズ、ブドウの葉で包んだライス、串で焼いた肉、新鮮なシーフード、蜂蜜がかかった、さくさくしたペストリー。レティはその全部を貪るように食べた。

女性たちが満足そうな声をあげる。妻のとなりに座っていたダレイオスがほほえんだ。

「みんな、きみの食べっぷりが気に入ったようだ」

レティは思わず笑いだした。ギリシアのピンクの花、厳しい日差し、青い海を見ていると、急に自分が幸福に思えた。やがて満腹になった彼女は首を横に振り、人々が差し出す料理を断った。「もう食べられないわ」レティは夫のほうを不安そうに向いた。「こういうときは何て言えばいいの？」

「もう結構です《オヒ・エフハリスト》」

「オヒ・エフハリスト」レティは穏やかな口調で、教えられた言葉をくり返した。

すると、キュリロス家の人々はつぎつぎにレティを抱擁し、彼女のおなかをそっとたたいた。彼らはダレイオスも抱きしめ、建物の中に姿を消した。

「すてきな人たちね」

「ありがとう。みんな、きみが気に入ったようだ。何しろきみはぼくの妻だし、故郷に連れてきたはじめての女性だから」

レティは目を丸くした。「そうなの？」

ダレイオスはにやりとしてうなずいた。「ぼくが結婚し、きみが妊娠したから、大おばはとても喜んでいる。大おばはきみのことをおぼえていたよ」

彼女の笑みが薄らいだ。「わたしを?」

「ああ」

「大おばさまはわたしを怒っていないの?」

「まさか。大おばにとってきみは、ぼくの昔からの恋人なんだ。だから結婚は運命で、二人の愛情が時間という試練に打ち勝ったと考えている。きみはもう家族の一員、キュリロス家の人間なんだ」

ダレイオスの言うとおりだわ、とレティは思った。わたしの姓は変わった。いまは悪名高い犯罪者の娘レティシア・スペンサーではなく、億万長者の妻レティシア・キュリロスだ。結婚によってまったくの別人になるなんて、不思議な気分だけれど。

でも新しいわたしなら――レティシア・キュリロスなら、しあわせをつかめるかもしれない。ダレイオスとの結婚生活も、出だしは悲惨だったけれど、いつかは両親のように喜びに満ちたものになるかもしれない。

そのとき、ダレイオスのいとこのひとりがテラスに戻ってきた。ダレイオスの腕をつかみ、早口のギリシア語で何か言う。「みんなでテーブルを移動させるそうだ」彼はレティに言った。「今夜、ここでパーティがあるから」

「何のパーティ？」

ダレイオスが笑った。「花嫁の歓迎パーティで、出席者は家族と村の友人だけだ」

「そう聞いてほっとしたわ」

「もっとも、〝村の友人〟とは島の住人全員のことだが」

たちまちレティの気は重くなった。そんなにたくさんの人たちに、わたしは品定めをされるの？　「村の人たちが、わたしを気に入らなかったらどうなるの？」

「みんな、きみを好きになるとも」ダレイオスはレティの顎に手をふれてやさしく言った。「ぼくと同じようにね」


ギリシアの日差しは容赦なかったけれど、欲望を宿した彼の瞳を見ているうちに、レティの体は震えだした。

やがてダレイオスの親戚が、メイドたちを連れて戻ってきた。彼らは食器を片付け、テーブルを拭き、掃除を始めた。

レティは心配そうにそのようすを眺めた。

「わたしも手伝うと、彼らに言って」

「みんなが許すはずがないだろう」

「でも、誰もが働いているんだから、わたしたちも何かしないと！」

「それなら試してみようか」ダレイオスは立ち上がり、英語でいとこに話しかけた。「アティナ、その箒《ほうき》を貸してくれ」

「座っていて、ダレイオス」アティナは憤然として言った。「息子たちが大学に行けたのは、あなたのおかげなんだから！」

「失業していたわたしに、仕事を世話してくれたのもきみだ」テラスの格子を豆電球で飾っていた男性も口を開く。「だからこそ、われわれはこうしてパーティを開くのさ」

誰もが同意の声をあげた。

ダレイオスはレティに目をやり、〝わかっただろう〟と言わんばかりに肩をすくめた。

レティはため息をついて、夫に身を寄せた。

「それなら、わたしたちは何をしたらいいの？」

彼は瞳をきらめかせ、低い声でささやいた。

「ぼくたちはハネムーン中だから……」

ダレイオスと寝室に戻る――そう考えたとたん、レティの体はわななないた。「だめよ」顔を赤らめて言う。「ここにいるかぎりは、お料理かお掃除を手伝わないと」

「それなら出かけよう」ダレイオスは彼女の手を取った。「島を案内するよ」

レティは彼に連れられて建物を出ると、門を抜け、未舗装の道に出た。あたりにはオリーブとザクロの木々が茂る丘がどこまでも続き、ところどころにある水漆喰《しっくい》の家が日差しにさらされている。だが、なぜか見当たらないものがひとつあった。

「自動車は？　舗装道路を走っているの？」

「ヘラクリオスに車はないんだ。小さな島で山が多く、人口も数百人しかいないから。波止場の近くに石畳の通りもあるが、狭くてカーブが多く、車は通れない」

「それじゃ、移動手段は何？」

「ロバだ」

レティは信じられないというようにダレイオスを見た。「まさか」

ダレイオスがにやりとした。「ヘリポートと飛行場はぼくが造った。ただ、強風が吹くと使いものにならない。だから、必要な品の大半は船で運んでいる」村の中心に近づくと、彼は小さな建物を指さした。「あれがぼくの建てた学校だ」

「教室がひとつくらいしかない感じだけれど」

「そのとおりだ。子供たちは小学校を卒業すると、フェリーでとなりの島の中学校に行く」小さな酒場を身ぶりで示す。「はじめてぼくがワインを飲んだのがあそこだ。あのときは、すぐに吐き出してしまったな。だから、レツィーナはいまだに嫌いでね」

「自分はギリシア人だって、いつも言ってるくせに」レティはからかった。

「妊娠さえしていなければ、きみにも飲んでもらいたいよ」店のドアは閉まっていた。

「ミスター・パパダキスは、もうぼくの家に行ってしまったようだ。向こうで飲み物の準備をしているんだろう」

「村のお店はどこも閉まっているの？ わたしたちの結婚を祝うパーティのために？」

「ここは小さな島だからな」

レティは歩みをゆるめた。村を見下ろす丘の上には、廃墟《はいきょ》と化した建物があった。「あれは何？」

ダレイオスが引き結んだ唇の端を持ちあげる。「ぼくの母の家だ」

「まあ」レティは息をのんだ。ダレイオスが生まれてすぐに母親に捨てられたことは、前から知っていた。けれど、彼の口から母親の話を聞いた記憶はほとんどなかった。「いまは誰も住んでいないのね？」

「母は、ぼくが生まれた直後に島を出た。そのあと、母の両親も姿を消した。ぼくという人間が存在することが、彼らには屈辱だったんだろう」彼の口調は軽かった。

レティはたじろぎ、胸が痛くなった。「ああ、ダレイオス」

「母はパリに移り住み、ぼくが四歳のときに自動車事故で死んだ。母の両親も何年か前に亡くなったらしいが、どこで死んだのか、死因が何だったのかもよくわからない」

「ごめんなさい、つらい話をさせて」

「別につらくはない。ぼくは彼らを愛していなかったし、悼む気持ちもない」

「でも、あなたの母親と祖父母なのよ……」

「カーラ・ハルキアスはリムジンの中で死んだ。結婚相手は貴族だったから、母は望みを叶《かな》えたんだよ。地位と名誉を手に入れたわけだからな」その声は冷たかった。

幼いダレイオスが、ごみのように自分を捨てた母親たちが暮らす壮麗な建物を見上げている――そんな光景を頭に思い描くと、レティの喉に熱いものが込み上げた。何と言っていいかわからず、ダレイオスの手を握りしめる。「お母さんたちを許していないの？」

「何を許すというんだ？」

「家族なのに、あなたを捨てたことを」

「母がぼくを産んでくれたことには感謝している。だが、母や祖父母を家族と呼ぶつもりはない。ぼくを育ててくれたのは祖母だ。家には電気も水道もなかったが、祖母はいつもぼくを愛してくれた。事業に成功したあと、ぼくは祖母の古い家を取り壊し、現在の家を建てたんだ。島でいちばん大きな建物として」ダレイオスは丘の廃墟を見上げ、冷ややかな笑みを浮かべた。「ぼくが子供のころ、島でもっとも大きな力を持っていたのはハルキアス家だった。だが、いまはぼくがいちばんの大物なんだ」

レティは気づいた。ダレイオスは〝お母さんたちを許していないの？〟という質問に答えていない。「でも、ダレイオス……」

「しょせんは昔の話だ。ぼくは現在を生き、未来を作りたい」彼はレティの両手を握り、真剣な表情で彼女を見つめた。「約束してくれ、レティ。いつでも家族のために最善をつくす、と」

「約束するわ」彼女は心から誓った。

「ぼくも約束する」ダレイオスはそのあかしというように、レティにそっとキスをした。

唇の熱さと無精髭《ひげ》のざらつきを感じながら、レティは彼にしがみついた。この人はわたしの夫。わたしの伴侶なんだわ。

やがて、ダレイオスは抱擁を解いた。「いっしょに来てくれ」

二人は砂ぼこりの舞う道を進み、水漆喰の家が立ち並ぶ村の中心地に入った。オリーブの木立を抜け、岩だらけの斜面を下った先は、入り江になっていた。しかし、白い砂浜にはまったく人けがない。

レティは目を丸くした。九月の晴れた日なら、フェアホルム周辺の砂浜にはいつも人がたくさんいた。ところが、ここには人影がまったくない。「どうして誰もいないの？」

「さっき言っただろう？　みんなぼくの家で、パーティの準備をしているんだ」

「でも、観光客がいるでしょう？」

「島にはホテルがない。観光客が集まるのは、高級リゾート地であるケルキラ島だ。外から人が来ないこの島は、誰もが顔見知りで、ひとつの家族みたいなものなんだ」

　レティは胸に痛みをおぼえた。白い砂浜と入り江と、その先のイオニア海に視線を向け、何とかほほえもうとする。「きれいね」

「フェアホルムを思い出したんだな」ダレイオスが静かに言った。

　彼女は目を伏せた。「もう十年になるのに、ばかみたいよね」

「ぼくもあそこが恋しい。フェアホルムの浜辺をおぼえているか？　岩だらけだったな」

「おぼえているわ。それから、あなたがダンスを教えてくれた牧草地も」

「ぼくがカエルを捕まえていた池は？」

　それをきっかけに、二人はつぎつぎに思い出を語り始めた。

「秋になると木の葉が赤くなって――」

「廊下をローラースケートで滑って――」

「書庫の裏には秘密の通路が――」

「それから薔薇《ばら》園だ」ダレイオスは急に笑った。「あそこで煙草《たばこ》を吸っていたら、きみのお母さんに見つかったことがあった」

「お掃除をしたばかりのキッチンに泥だらけの靴で入ったときは、ミセス・ポリファクスに叱られたわね。でも二人で床をきれいにしたら、ミルクとクッキーを出してくれたわ」

「ぼくたちはまるで何かの遊びみたいに、そんなことをくり返していたな」

　二人は誰もいない砂浜で笑みを交わした。

　レティの顔から笑みが消える。「でも、二

度とフェアホルムを見ることはできないわ」

ダレイオスは無言で彼女を見つめていたが、唐突に靴を脱いだ。「海は温かいはずだ」

「何をするつもりなの？」

「海に入る」彼はしゃがみ込み、レティのサンダルのバックルをはずした。「おいで」

裸足《はだし》にふれる海水の感触は心地よかった。さらに足を進めたら、白いサンドレスの裾が海面をかすめた。

ふいに、ダレイオスが背後からレティを抱きしめた。打ち寄せる波の中で、彼はレティにキスをした。空を舞う鳥たちを別にすれば、あたりには誰もいない。紺碧《こんぺき》の海と空のはざまで、二人は口づけをくり返した。ダレイオスの手が彼女のむき出しの肩を撫《な》でるあいだ、波のしぶきが二人の肌と髪をぬらす。

ダレイオスが唇を離し、彼女の顔を見つめた。その燃えるようなまなざしに、レティの心と体にはいまにも火がつきそうだった。

「どちらも育った家はもうないが、ぼくたち二人はここにいる」午後の太陽に照らされたダレイオスは、夢の世界から現れたかのような輝きに包まれていた。

その瞬間、レティは最悪のことが起こったのに気づき、災厄と破滅がすぐそばに迫っているのを感じた。

わたしはダレイオスを愛している。

彼の子供を身ごもった二月のあの夜以来、

レティは必死に自分に言い聞かせてきた。ダレイオスはもう前と同じ人じゃないし、わたしは彼を憎んでいる。だから、絶対に夫を愛することはない。

しかし、どれも嘘《うそ》だった。どんなにつらい目に遭っても、ダレイオスを愛することはやめられなかった。どうしたらそんなことができる？　彼はわたしのすべてなのに。

西に傾き始めた太陽を振り返り、ダレイオスはため息をついた。「主賓がパーティに遅れるわけにはいかないな。そろそろ戻ろう」水にぬれ、砂にまみれた自分のショートパンツに目をやる。「その前に砂を落とす必要があるな」

「そうね」レティは小さな声で言った。

ダレイオスは彼女の裸の肩にキスをしてささやいた。「きみとベッドに入るのが待ちきれないよ、ミセス・キュリロス」

海から砂浜に上がったとたん、レティはよろめき、ダレイオスに抱きかかえられた。

「大丈夫か？」

「平気よ」レティは涙をこらえて答えた。その言葉に嘘はなかった。いまはまだ。

けれど、すぐにすべてが変わる。

結婚一日目にして、レティはダレイオスに心を奪われていた。

9

その夜、パーティに現れたレティを見て、ダレイオスは息をのんだ。黄昏《たそがれ》のテラスを滑るように歩いてくる彼女の姿は、目もくらむほど美しかった。

白のロングワンピースは豊かな胸のふくらみと、せり出したおなかに張りついているようで、柔らかな布地はレティの薔薇《ばら》色の肌とはしばみ色の瞳を際立たせている。長い黒髪には鮮やかなピンクの花が飾られていた。

真っ赤な太陽が海へ沈みゆくころ、集まった三百人の男女はレティを拍手で迎えた。

彼女が近づくと、ダレイオスはぎこちなく咳《せき》ばらいをした。「とてもきれいだ」

「ありがとう」レティが恥ずかしそうにほほえむ。

ダレイオスがレティに手をふれなかったのは、怖かったからだった。妻が魅力的すぎて、砂浜でキスをしたあとでは理性を保てる自信がなかった。結婚式から二十四時間が過ぎていたが、二人はまだ一度もベッドをともにしていなかった。

パーティはまるで拷問で、ダレイオスの忍耐の限界を確かめるかのように何時間も続いた。

た。結婚を祝うためでなければ、集まった男女を追い払い、花嫁を連れてベッドに直行するところだ。しかし家族や村の人々が歓迎してくれているのに、失礼なまねはできない。

ダレイオスの体はレティをもとめてうずき、彼女のこと以外は何も考えられなかった。下腹部は痛いほど張りつめていたが、ゆったりとしたズボンのおかげで、村人たちには興奮を悟られずにすんだ。

パーティは佳境を迎えていた。音楽が鳴り響く中、人々は酒を飲んだり、踊ったりしている。たくさんの村人に話しかけられたレティがギリシア語を学ぶと宣言すると、いとこたちは歓声をあげ、大おばのイオアンナは爪先立ちをして彼女の頬にキスをした。レティはすっかり一族の人気者だった。

当然だ、とダレイオスは思った。レティは完璧な花嫁で、やがては完璧な妻、完璧な母親にもなる。父親のハワードは遠ざけたから、彼女の今後の人生に悪影響をおよぼすこともないだろう。

ダレイオスは、レティが心を捧《ささ》げる唯一の存在になるつもりだった。彼を見るとき、レティの瞳には憧れと恐れが浮かぶ。すると、ダレイオスはかつて彼女に恋をしていた自分を思い出し、妙に胸が騒いだ。

だが、いまのぼくがレティに感じているのは欲望と、夫の一族を大切に思う彼女への感謝だけだ。レティがぼくを愛するようになればいいんだが。そうすれば、すべてがもっとうまくいく。

しかし、ぼくが彼女を愛することは決してないだろう。愛によって傷つきやすくなるのはごめんだ。夫として、父親として、男として、ぼくは強くなければならない。

　真夜中になるころ大おばが寝室に引き上げ、他の年配の男女も徐々に姿を消したが、酒と音楽とダンスは続いた。ダレイオスのいとこたちや若い村人たちは、遅くまでパーティを楽しんだ。最後の招待客がお祝いの言葉を口にして去っていったのは、酒が底をついたあとだった。

　ようやく二人きりになり、ダレイオスは何も言わずにレティの手を握った。彼女を寝室に導いてドアを閉め、窓とバルコニーに続くガラスドアを開け放つ。すると潮風が白いカーテンを揺らし、月の光が差し込んだ。

　ダレイオスはレティの長い黒髪を持ち上げ、神聖な儀式のように、ロングワンピースのファスナーをゆっくりと下ろした。

　ワンピースが床に落ちると、レティはダレイオスに向き直り、彼のジャケットを脱がせてシャツのボタンをはずした。しかし手で夫の胸をかすめたとき、ダレイオスに制され、

　レティは問いかけるような目をした。

　胸に広がる不思議な何かは欲望だ、とダレ

イオスは自分に言い聞かせた。ぼくはレティが欲しいだけなんだ。彼はレティの両手にキスをした。

窓から風が吹いてきて、レティの髪を飾るピンクの花の花びらが、二人を祝福するように床に舞い散った。ダレイオスはなおも無言のまま、彼女をベッドへいざなった。

二人は沈黙の中で体を重ねた。ふれ合う肌に勝る言葉など存在せず、ただ快楽と歓喜だけを堪能した。

至福という言葉の意味なら、二月のあの夜、マンハッタンのペントハウスで学んだつもりだった。だが、いまのダレイオスはそのときとは違う、まったく別の何かを味わっていた。

なぜだ？　結婚して、レティが永遠にぼくのものになったからか？　彼女が家族になったからか？

この気持ちは……幸福によく似ている。

二人は結ばれたまま、超新星のように激しい喜びを爆発させた。やがて彼の腕の中でレティが眠りに落ちたとき、砂浜で彼女が言った言葉がダレイオスの脳裏によみがえった。

〝でも、二度とフェアホルムを見ることはできないわ〟

その口調からは静かな絶望が感じられ、生まれ育った家が失われた現実を、運命として受け入れているのが伝わってきた。

だが、ダレイオスは違った。レティが失っ

たすべてのものを、取り戻してやりたかった。

　彼女を起こさないように注意しながら、ベッドを抜け出す。バルコニーに出ると、夜明け前の灰色の海を見ながら電話をかけた。ニューヨークは深夜だったが、過去七年ダレイオスの秘書をつとめているミルドレッド・ハリスンは、驚いたようすもなく電話に出た。

「すぐにニューヨークを発《た》ったのは、残念でしたね。留まっていれば、ヒーローとして称賛されたのに。自腹を切ってハワード・スペンサーにだまされた人々に返済を行うと宣言したあなたは、いまや現代版ロビン・フッドですよ」

「だとしたら、ニューヨークを離れて正解だったな。それ以外に変わったことは？」

「ブルックリンのアパートは、指示どおり買収しました。義理のお父さまは――」

「あの男をそんなふうに呼ぶな」

　ミルドレッドは咳ばらいをした。「失礼しました。ミスター・スペンサーですが、家賃なしで暮らせることを本人に知らせました」

「それでいい」ダレイオスは退屈そうな声で言った。

　秘書がためらいつつ続けた。「もうひとつ、ご報告しておくことがあります」

「何だ？」

「調査員の話によると、ハワード・スペンサーはどうやら癌《がん》で、余命宣告をされているようです」

ダレイオスは目を見開いたが、すぐに鼻を鳴らした。「どうせ何かの策略だろう」

「調査員はそうは考えていません。入手した医療記録を見るかぎり、嘘《うそ》ではないかと」

「ハワードは医者を買収したんだ」

「かもしれません。ただ自分の父親なら、もっと詳しく知りたいところですね」

ミルドレッドの言うとおりだ、とダレイオスは思った。暗い寝室で眠るレティを振り返る。彼女ならもっと詳しく知りたがるだろう。だが、話せるわけがない。ハワードは何かたくらんでいるかもしれないのだ。

「妻にはよけいな心配をさせたくない。おそらくハワードは、尾行に気づいている」

「わたしもそう思います」

「電話をしたのは、頼みがあったからなんだ。妻に結婚祝いを贈りたい」、

「ハワード・スペンサーの借金を肩代わりしたうえに、さらに贈り物ですか？　いま負債の正確な総額を割り出しているところで、こちらは人手が足りないんですが……」

「きみなら何とかできるだろう。やり遂げてくれれば、きみと旦那さんに一週間のマイアミ旅行をプレゼントする」

「ローマにしてください」ミルドレッドは毅《き》然《ぜん》と言った。「期間は三週間で」

ダレイオスはにやりとした。ミルドレッド

は自分の価値をよく心得ている。「わかった。だがその前に、ひと仕事頼む。家を一軒、買い取ってほしい」

「いまのペントハウスでは狭すぎるんですか？」彼が事情を説明すると、ミルドレッドは驚いたように口笛を吹いた。「わかりました。それで、金額の上限は？」

「いくらかかってもかまわない」

通話を終えたダレイオスは、花嫁が眠るキングサイズのベッドに戻った。毛布の中にもぐり込み、レティの体に腕をまわす。窓の外では鳥がさえずり、朝日が昇ろうとしていた。

レティを抱きしめたとたん、自分が人生に何をもとめていたのかが理解できた。ぼくはレティを手に入れた。それ以外も、やがては手に入るだろう。家庭。子供たち。遠い昔にあきらめたはずのものが、残らず自分のものになるのだ。

犯罪者である彼女の父親は当然、ほかのどんな存在も、ぼくとレティのあいだに入り込ませはしない。

プライベートジェットが雲海に沈み、ニューヨークに向けて降下を始めると、安堵《あんど》と後悔が同時にレティの体に広がった。

父の近くに戻れるのはうれしかった。ブルックリンのアパートで父が家賃なし、しかも生活費付きで暮らしていることは、すでにダレイオスから聞いていた。〝きみの父親は、公園で毎日友人とチェスを楽しんでいる〟

ダレイオスは人を使って父を監視させているんだわ、とレティは思った。それでも、父が無事に暮らせているならかまわなかった。ただ、会うことも電話することもできないのは、納得がいかなかった。

ダレイオスの父親が心臓発作で亡くなったのは、たしかに悲しいことだわ。でも彼はそれを理由に、わたしの父を永遠に憎むつもりなの？　しかし、夫を愛しすぎていたレティは信じたくなかった。そのうち、みんなでひとつの家族になれるんじゃないかしら。

ダレイオスは新しい事業を思いついたらしく、ノートパソコンのキーボードを猛烈な勢いで打っていた。それでも、二人はときどき視線を交わした。そのたび、レティの胸はときめいた。

彼がからかった。「きみさえよければ、飛行機をUターンさせてもいいんだぞ」

「ヘラクリオスは最高だったけれど、アメリカに戻れてうれしいわ」言わないほうがいいとわかっていても、レティは自分を抑えられなかった。「ニューヨークに着いたら、父と話をしてもらえないかしら。そうすれば、父の違った一面が――」

「その話はやめよう」

「父があんなことをしたのは、悪気があったからじゃ――」

ダレイオスはノートパソコンを乱暴に閉じた。「聞きたくない」

「許すことは魂を解放することだわ」レティは必死に言った。「あなただって、他人に許しを請う日が来るかもしれないのよ！」

彼は鼻を鳴らした。「ぼくは一度も罪を犯していない。だから、他人に許しを請うことはないね」

「ダレイオス――」

「だめだ」

すっかり落胆したものの、レティは拳を握りしめて、いまは我慢するのよと自分に言い聞かせた。深く息を吸い、話題を変える。

「親戚のみんなと過ごせて、とても楽しかったわ。いつか、大おばさまをニューヨークによんではどうかしら」

ダレイオスの表情がやわらいだ。「大おばは飛行機が嫌いなんだ。子供が生まれたら、三人でまたヘラクリオスに行こう」

「いい考えね。それまでに、わたしもギリシア語の勉強をしないと」

そのときプライベートジェットが雲を突き抜け、〝着陸にそなえてベルトを締めてください〟という機長の声が聞こえた。

レティは窓の外に目をやった。「あれはテターボロ空港じゃないわ」

ダレイオスはほほえんだ。「そうだな」

眼下の空港がどこなのか、彼女はふいに思い出した。「ここはロングアイランドなのね。何かトラブルでもあったの？」

「答えはあとだ」

小さな飛行場に着陸すると、二人はプライベートジェットを降りた。滑走路の端には車が待っていて、運転手とボディガードが手際よくスーツケースを飛行機から運び出し、車に積み込んだ。

「どうしてこの飛行場なの？」走りだした車の後部座席で、レティはダレイオスに尋ねた。

「すぐにわかる」

リムジンがあまりにもよく知っている海沿いの道に出たとき、レティの体には緊張が走った。一九二〇年代に建てられた豪邸――かつての彼女の家へと続く道だったからだ。

「どうしてわたしをフェアホルムに連れてきたの？　わたしを苦しめたいの？　そもそも道路から家は見えないし、門には警備員がいるわ。ここを買ったお金持ちはプライバシーにうるさい人だから、中をのぞくことさえできないのに」

「試してみたのか？」

「家が競売にかけられた、つぎの月にね。前も話したけれど、曽祖母のフレスコ画の写真を撮らせてと頼んだの。でも、警備員に犬をけしかけられただけだったわ」

「今日は大丈夫だ」

レティは前方を指さした。「見えるでしょう？　わたしが言ったとおり――」

彼女は目を丸くした。

スェアホルムの門は大きく開け放たれていた。リムジンはそのあいだを抜けて私道を進み、レティの祖父のそのまた祖父が建てた、豪壮な館に向かった。

息が止まり、めまいがした。愛する館を、レティは十年ぶりに目のあたりにしていた。そびえ立つ石造りの館を見上げていると、涙があふれてきた。「どういうことなの？」

ダレイオスはほほえんだ。「いちばん欲しかったものを、きみにプレゼントするよ」

リムジンが完全に停《と》まる前に、レティはドアを開け、館を目指して走りだした。玄関のドアを押し開けて、玄関ホールに飛び込む。

「父さん？　父さん、どこにいるの？」

レティは父の名を呼びながら、しあわせいっぱいの気分で部屋から部屋へと走った。

〝いちばん欲しかったものを、きみにプレゼントするよ〟

「父さん！」彼女は叫んだ。けれど、どの部屋にも誰もいない。一歩踏み出すごとに、レティの脳裏には思い出がよみがえった。

ここで父と海賊ごっこをした。

ここで庭師の子猫と遊んだ。

ここでダレイオスと隠れんぼをした。

でも、父はどこ？　どこにいるの？

レティは階段を駆け上ろうとして、足を途中で止めた。自分の声の反響しか聞こえないことに気づいたからだ。

父はフェアホルムにいない。

彼女はがっくりと肩を落とした。ダレイオスは玄関ホールからこちらを見ている。その顔から、先ほどまでの笑みは消えていた。

「どうしてぼくが、きみの父親をここに招いたと思ったんだ？」

「あなたは言ったわ、〝いちばん欲しかったものをプレゼントする〟と」

「それはこの館のことだ。ぼくはきみのために、フェアホルムを買い取った。おそろしく手間がかかったよ。ぼくたちが着く前に所有者に立ち退いてもらうために、莫大《ばくだい》な金を支払わねばならなかった。それでも、ぼくはきみの夢を叶《かな》えたかったんだ」

レティはぐったりと階段に座り込んだ。悲しみが全身に広がる。期待していたぶん、失望は大きかった。

けれど、彼女は悲しみを隠そうとした。これではダレイオスに対して失礼すぎる。星をくれた彼に、太陽が欲しいと泣いているのも同じだもの。

わたしは大喜びするべきなのよ。

レティは深呼吸をし、天井に描かれた絵とオークの羽目板張りの壁を見た。ダレイオスは、母方の一族が代々暮らしてきた館を買い戻してくれたのだ。

すばらしいプレゼントじゃないの。彼女は涙を拭き、夫にほほえみかけようとした。

ダレイオスのハンサムな顔に険しい表情が浮かんでいても、責める気にはなれなかった。この途方もないプレゼントを贈るために、彼は信じられないほどの手間とお金を費やしたに違いない。なのに、わたしは感謝の気持ちをかけらも示していない。

レティは立ち上がって階段を下り、腕組みをしているダレイオスに近づいた。「ありがとう。最高のプレゼントだわ」

「うれしそうには見えなかったが」

感謝に欠けた自分の態度を恥ずかしく思いながら、レティは彼の首に腕をからめてキスをした。「うれしいわ。またここに来られたなんて、奇跡が起きたみたい」

表情をやわらげ、ダレイオスは彼女を抱きしめた。「ミセス・ポリファクスにも、また働いてもらうことにしたんだ」

「すごいわね！」

今度はダレイオスも、妻の反応に喜んでいるようだった。「できるだけ、昔の使用人も呼び集める。それから、きみ名義の銀行口座も開設した」

「どうして？」

「蔵書室に設置された、ストリップ用のポールを見ていないな？　内装を復元するときや、フレスコ画を修復するときは、きみも立ち会いたいだろう？　口座の金は自由に使ってかまわない」

「この家のために使っていいのね？」

「ああ」

「赤ちゃんのためにも？」

「もちろん。それから、きみ自身のためにもだ。ジュエリー、車、家具。何でも好きなものを買うといい」

唇を噛《か》み、レティは思わず尋ねた。「父にお金を送ってもかまわない？」

失敗したことに、彼女はすぐに気づいた。ダレイオスの表情が冷たくなる。「何かにつけて、その話を持ち出すのはやめてくれ。ハワードの件はもう片が付いたはずだ」

「でも直接顔を合わせて、元気かどうかをきくくらいは――」

「彼は元気だ」

安心したくて、レティは探るような目を向けた。「父は元気なの？　ほんとうに？」

ダレイオスはためらってから言った。「ほんとうだとも」だが、彼女と目を合わせようとはしない。

「父に会えないのはつらいわ」けれど、レティは感謝の表情でダレイオスを見た。「でも、あなたがしてくれたことは――フェアホルムを買い戻してくれたことは決して忘れない」

日の光が開け放たれたドアから差し込む中、

二人はしばらくそのまま見つめ合っていた。潮の匂いと薔薇園に咲く薔薇の香りが、レティの鼻孔をくすぐる。

「ありがとう。フェアホルムを取り戻してくれて」

「きみはこの館にふさわしい女性だ。きみのためなら、いくらだって金を使うよ」

ダレイオスは身をかがめ、レティの唇にキスをした。レティの心と体はすでに彼のものだったから、二月の夜から封印してきた言葉が思わず口からこぼれた。「愛しているわ、ダレイオス」

彼はほほえんだ。「ほんとうに?」

涙ぐみながら、レティはほほえんでうなずいた。どきどきして、ダレイオスのつぎの言葉を待った。

しかしダレイオスは何も言わず、もう一度キスをしただけだった。

フェアホルムの玄関ホールに立ち、大きなおなかで夫と唇を重ねているおかげで、レティはいくつもの奇跡の中にいるような気分だった。

わたしたちは結婚し、もうじき子供も生まれる。ダレイオスは父の借金を清算したうえ、フェアホルムまで取り戻してくれた。そして、わたしは彼を愛し始めている。

だとしたら、いつか彼もわたしを愛してくれるかもしれない。

何度も奇跡が起こったなら、もう一度くらい起こったとしても不思議じゃない。だったらダレイオスもじきに父を許し、家族の一員として迎え入れてくれるのでは？ 彼は他人を許さない人じゃない。夫が与えてくれなかったのは、〝愛している〟という言葉だけだ。

でも父を許してくれたら、そのこと自体がわたしに対する愛のあかしになる。

レティはまだ少しくらくらしながら、ダレイオスを見つめた。「ほんとうに蔵書室に、ストリップ用のポールがあるの？」

ダレイオスは低く笑った。「いっしょに見に行こう」彼は妻の手を取り、大理石張りの廊下を抜けて蔵書室に入った。銀色に輝くポールを目にしたとたん、レティは引きつった笑い声をあげた。「言ったとおりだろう？」

「これは取りはずさないとね。でも、心配はいらないわ。この家をかならず昔のようにしてみせるから」レティは言った。

「フェアホルムには思い出がたくさんある」ダレイオスはレティを抱き寄せた。その目は真剣そのものだ。「だが、ぼくたちにはここで一度もしていないことがひとつある」

情熱のこもった夫の腕に抱かれて、レティは思った。わたしのいちばんの夢が、いま叶うんだわ。

10

わが家……。レティは満足そうな顔で、あたりに視線を走らせた。これ以上、すてきな言葉があるかしら?

改装は終わった。前の所有者が加えた悪趣味な装飾は取り除かれ、フェアホルムはかつての輝きを取り戻していた。

十一月の空気は冷たいが、暖炉で火が燃えるリビングルームは快適だった。磨き上げられたオークの床には高価なトルコ絨毯《じゅうたん》が敷かれ、ソファと椅子は座り心地がよく、照明器具はどれも丈夫で実用性が高い。

レティはソファにゆったりと腰を下ろしていた。同じソファでは夫がノートパソコンのキーをたたく合間に、時折彼女の脚を撫《な》でた。

二人はついさっき、ラムシチューと自家製のパンで食事をすませた。家政婦であるミセス・ポリファクスの作るラムシチューは、子供のころからレティの大好物だった。

そのミセス・ポリファクスは、病院にいる友人を見舞いたいと言って、ブルックリンへ出かけていった。

去り際の家政婦が妙な表情をしていたため、レティは同情して声をかけた。「お友達とゆっくり過ごしてきてね」

「そうしたいですね」ミセス・ポリファクスは鋭い口調で言った。「何しろ友達の家族は、お見舞いに来ないものですから」

「かわいそうに」レティはため息をついた。病院にお見舞いに行かないだなんて、いったいどんな家族なの?

そんなことを考えていると、二カ月以上会っていない父が恋しくなった。ダレイオスはあいかわらず父を許していない。でも赤ん坊が生まれたら、夫も寛容になるのでは? 予定日が間近に迫る中、レティは予想していたよりも幸福な日々を送っていた。

子供部屋の準備はできていた。曽祖母のフレスコ画が完全に破損していないことがわかったとき、レティは大喜びした。フレスコ画のかなりの部分は、有名な美術修復家の手によってよみがえっていた。アヒルやガチョウの数は減り、バイエルンの村もほぼ消えてしまったが、少女の顔はもう悲しげではなく、喜びに輝いているように見えた。

レティにとって、子供部屋は館でもっとも美しい部屋だった。彼女も、母も、祖母も、赤ん坊のころはあそこで眠った。壁は塗り直され、内装工事も終わり、ベビーベッドと玩具《おもちゃ》の準備もできたから、あとは子供が生まれるのを待つばかりだ。

「もうすぐよ」レティは大きなおなかを撫で

ながらつぶやいた。「あとちょっとだから」

「また子供に話しかけているのか?」ダレイオスがからかう。

彼女は古い絵本を手に取っておどけた。

「お話も読み聞かせないとね」

「またか?」

「おなかの赤ちゃんに音が聞こえることは、科学的に証明されているの。だからわたしが読むお話も、聞こえているはずよ」

彼はあきれたような顔をすると、レティのおなかにそっと手を当ててささやきかけた。

「心配しなくていい。ぼくがウサギの話より、もっと面白い話を聞かせてあげるぞ」

「あら、ほんとうなの?」

「もちろんだ」ダレイオスはノートパソコンのキーを押すと、画面に表示された最新のビジネスニュースを、まじめくさった口調で読み上げた。

今度はレティがあきれる番だった。けれど、退屈な技術開発についての情報を伝えるダレイオスの声は、彼女の気持ちを落ち着かせてくれた。レティはハーブティーを飲み、クッキーを食べた。最近は食べる量が増えたため、体がやたらと大きくなっていた。

けれどダレイオスは気にしていないようで、バスルームを含めた館のあらゆる場所でレティをもとめた。そのことを思い出すだけで、レティの頬は赤く染まった。〝ぼくたちは、こうして館を自分たちのものにするんだ〟ダレイオスのその言葉も気に入っていた。

そしていま、夫はレティのおなかに手を置き、ニュース記事を朗読している。夫の声を聞いているうちに、彼女はだんだん眠くなってきた。

「レティ、起きているか？」ダレイオスが低い声できいた。

「何どかね」彼女はあくびをした。「ベッドに入ったほうがいいかも」

しばらく黙ったあと、ダレイオスは静かに言った。「いや、またにしよう。おやすみ、いとしい人《アガペ・ムー》」

翌朝、ダレイオスはレティにキスをして出勤していった。最近ではその行動が、月曜から木曜までの夫の日課だった。理数系の科目とコンピュータのプログラミングが学べるウェブサイトを立ち上げたところだが、まだ利益は上がっていないため、社員の給料は彼が自腹で払っていた。〝もしかすると、最後まで利益は出ないかもしれない〟とダレイオスは言っていた。それでも彼は、社会のために貢献したいと考えているようだ。

レティはそんなダレイオスを誇りに思っていた。フェアホルムから会社に向かう夫の瞳は、輝きに満ちていたからだ。

彼女は二階の子供部屋に入り、ベビー服をたたみ直しながら足りないものはないか確認した。最近では、朝起きるたびに腰が痛い。ミセス・ポリファクスなら、腰痛に効くハーブを知っているかもしれない。

美しく巨大なキッチンでは、ミセス・ポリファクスが泣いていた。

「どうしたの？　何があったの？」

「入院しているわたしの友達は」家政婦はエプロンの端で涙を拭いた。「もう長くないんです」

「それは悲しい話ね」

ミセス・ポリファクスは責めるような目でレティを見た。「当然です。あなたのお父さまのことなんですから」

レティは衝撃を受けた。驚きのあまり、言葉が出てこない。

「もう黙ってはいられません。お父さまとのあいだに何があったかは知りませんが、このまま死なせるのはあんまりです。一生後悔することになりますよ！」

「父さんが……もう長くない？」

家政婦の顔色が変わった。「ご存じなかったんですか？」

レティはうなずいた。「きっと……何かの間違いだわ。父さんは元気だって聞いているもの。何の心配もなく、毎日公園に行ってチェスをしていると……」

「ああ、何てこと。ごめんなさい、わたしは誤解していました。知っていると思っていたものですから。お父さまは何週間も前に倒れて、病院に担ぎ込まれたんです。昨日、お見舞いに行ったんですが、おつらそうでした。あと数週間——もしかしたら、数日しかもたないかもしれません」

「まさか。そんなわけないわ」家政婦の手を振り払い、レティは携帯電話を取り出してダレイオスにかけてみた。しかし聞こえてきたのは、留守番電話のメッセージだった。

彼女は深く息を吸い込んだ。手は震えていたけれど、はじめて夫との約束を破るつもりだった。父は携帯電話を嫌っていたため、ブルックリンのアパートにかけてみた。

しかし、やっぱり応答したのは留守番電話だった。メッセージはレティの声ではなく、父の声になっていた。二カ月ぶりで聞くその声は弱々しかった。

彼女はぞっとした。震えながら、ミセス・ポリファクスに視線を向ける。「どこの病院にいるの？」

家政婦は病院の場所を説明した。「ですが、その体では車の運転は無理です。コリンズに車を出してもらいましょう。わたしもいっしょに行きましょうか？」

レティは首を横に振った。

ミセス・ポリファクスは悲しげな口調で言った。「病室は三〇二号室です」

ブルックリンまでの道のりは、とてつもな

く遠く感じられた。車が病院に着くとレティは急いで中に入り、受付にも寄らずに重いおなかを抱えてエレベーターに乗り込んだ。三階で降り、三〇二号室に向かう。

三階の受付を素通りすると、デスクの向こうにいた看護師が声をあげた。「ちょっと待ってください」

「わたしは娘なんです」レティは病室のドアを押し開けた。「父さん、父さん！　わたし――」

部屋には誰もいなかった。

彼女は茫然《ぼうぜん》とあたりを見まわした。部屋を間違えてしまったの？　それとも……ああ、そんなまさか。父はもう……。

「すみません」レティの背後で、女性の声がした。

「まったくだぞ！」それは父の声だった。

レティはくるりと振り返った。

開け放たれたドアの向こうに、車椅子に乗った父がいた。車椅子を押して病室に入ろうとする看護師をにらみつけている。「もう少しで、壁に激突するところだったじゃないか。いったいどこで動かし方を習った？」

レティが思わず泣きだすと、父は視線を向け、肉の落ちた青白い顔を喜びに輝かせた。

「レティ。来てくれたんだな」

彼女は父の痩せ衰えた体を抱きしめた。

「もちろんよ。父さんが病気だと、ついさっき知ったの。でも、ベッドにいなかったから、てっきり――」

「死んだと思ったのか？　冗談じゃない！」ハワードは背後の看護師を振り返った。「わたしをさっさとあの世に送ろうとしている連中も、いるにはいるようだがな」

看護師は鼻を鳴らした。「まったくもう。二度と車椅子レースの手伝いなんてしませんからね、ハワード」

「だが、わたしたちは一度も勝ったことがないんだぞ！　マージェリーには十秒以上も差をつけられた。彼女のほうが何十キロも重いのに。あの屈辱は当分忘れられそうにない」

レティは驚きの表情で尋ねた。「車椅子レースって？」

「たしかにレースに参加したのは、あまりいい考えではなかったかもしれない。何しろ車椅子を押したのが、衝突が得意な看護師だったんだからな」

「いいかげんにしてください」

「ともあれ、このホスピス棟ではそれが唯一の楽しみなんだ。あとはケーブルテレビを観《み》るくらいしか、することがない」

「車椅子レースだなんて、規則違反もいいところです。われながら、なぜ手伝ってしまったのかわからないわ。くびにはなりたくないから、つぎは別の人に頼んでくださいね」

「レース自体は有意義なイベントだよ。ホスピス棟の全員が元気になれるからな」

「わたしの上司は納得しないと思いますけど」なだめるような目をして看護師はため息をつき、病室を出ていった。

ハワードはレティに視線を戻した。「おまえはいつ見舞いに来てくれるのか、と考えていたところだった」

「入院の話を聞いて、すぐに駆けつけたのよ」彼女は罪悪感に打ちのめされていた。

ハワードは満足そうにうなずいた。「ようやくあの男も、おまえに話したわけだな」

「誰のこと？」

「ダレイオスだ。わたしはおまえと連絡を取らないと約束したが、ダレイオスと連絡を取ることまでは禁じられていなかった。それで四週間前――病院に担ぎ込まれたときに、あの男にメールを送ったんだ」

四週間前？　レティはショックを受けた。父が入院して一カ月近くたつのに、ダレイオスはずっと黙っていたの？

「わたしの体調がよくないことを、ダレイオスは前から把握していたはずだ。おまえを連れ去ったときから、あの男はわたしに尾行を付けていた。だから、わたしが週に三度医者の診察を受けていたことくらい、とうにわかっていたに決まっている」

レティは息をのんだ。一カ月ではなく、二カ月前からだったというの？　ダレイオスは父が病気で、もう長くないのを知っていた。なのに、ずっとわたしに隠していたの？

〝きみの父親は、公園で毎日友人とチェスを楽しんでいる〟

あの言葉は嘘《うそ》だったんだわ！

昨日の夜、ダレイオスとわたしは暖炉の前で寄り添い、子供の話をしていた。あのときも、彼はわたしをあざむいていたんだわ。わたしがクッキーを食べ、ハーブティーを飲んでいたとき、父はひとりぼっちで、娘から愛情に満ちた言葉をかけられることもなく病院にいたのだ。

恐ろしい真実から逃げ出す方法はなかった。

ダレイオスはわたしをだましていた。

わたしが子供のころから愛していた人。わたしのロマンチックな空想と、憧れの中心だった人。その彼が嘘をついていたのだ。

どうしてそんな残酷なまねができたの？

答えは明らかだ。

ダレイオスはわたしを愛していない。

これからも愛するつもりはない。

「ダレイオスは、おまえに何も話さなかったんだな？」レティがうなずくと、ハワードはため息をついた。「それなら、わたしがここにいるとどうやって知ったんだ？」

「ミセス・ポリファクスが教えてくれたわ」

「なるほど」父は悲しげな顔で言い、レティのおなかに視線をやった。「予定日まであと

一、二週間くらいか？」
「ええ」

「死ぬのは、孫の顔を見てからだな」

レティは父のほうを勢いよく向いた。「そんな話はやめて！」

頬のこけたハワードがうなだれる。「すまない、レティ。口がすぎたよ」

「希望はないの？　手術は？　セカンド・オピニオンは？」

ハワードは首を左右に振った。「死ぬのはわかっていたんだ。刑務所を出る前から」

「どうして話してくれなかったの？」

父が涙ぐみ、目をこすった。「話すべきだったんだろうが、心配をかけたくなかった。おまえにはわたしのせいでだいなしになった人生をやり直して、心から愛する男性と結婚してほしかったんだ」

心から愛する男性……。レティは苦々しい思いでその言葉を嚙《か》みしめた。

「父親が死んだあともおまえが誰かに守られ、愛されるようにすることが、わたしに残された唯一の目標だった。いまやおまえはダレイオスと結婚し、子供もじきに生まれる。ギャングに腕を折られたのは、人生最大の幸運だったな。おかげで、おまえとダレイオスを結びつけられた。これでわたしは、幸福な男として安らかに死ねる」

「ダレイオスは、父さんの病気をずっと秘密にしていたのよ。絶対に許せないわ」

「ダレイオスを責めてはいけない。わたしは過去に大きな過ちを犯した。彼は適切な対応をしただけだ」ハワードは車椅子から娘を見上げた。「ありがとう、レティ」

レティは世界でいちばん親不孝な娘になった気がした。「なぜお礼を言うの?」

「いつもわたしを信じてくれたからさ。信じるに値しない時期もあったのに」

レティは涙ぐみ、死を目前に控えた父を見つめて、病室に視線を向けた。殺風景なベッド、タイル張りの床、醜悪な医療機器。父親がこんな部屋で最後の日々を送ると考えただけで、耐えられなくなった。「どうしてもこの病院で、生活しなくちゃいけないの?」

「ホスピスとしての機能がもう少し充実している施設に、移るのもいいかもしれないな。緩和ケアを別にすれば、医者も手の施しようがないんだ」

「それなら、わたしといっしょに家へ帰りましょう」

ハワードは信じられないという顔をした。「あのアパートにか? いや、お断りだ。とりあえずここにいれば寒くはないし、毎日食事が――」

「アパートじゃないわ。父さんをフェアホルムに連れていきたいの」

父の目がきらりと光った。「フェアホルム

だって？」病み衰えた顔に喜びを浮かべたあと、まばたきをして不安そうな表情になる。

「だが、ダレイオスは――」

「彼はわたしが何とかするわ」レティは父の痩せた肩に腕をまわし、髪の薄くなった頭にキスをした。父の最後の日々は、幸福でなければならない。父はフェアホルムで、愛と慰めに包まれて生涯を終えるべきだわ。

レティは夫を心から愛していた。だから何を犠牲にしても、彼を信じた。けれどすべては間違いで、ダレイオスはわたしを愛していなかったのだ。

裏切られたレティは、決してダレイオスを許さないつもりだった。

ダレイオスは笑みを浮かべ、軽やかな足取りでオフィスに足を踏み入れた。遅刻を正当化できるだけの理由はあった。出勤途中に五番街のジュエリーショップへ立ち寄り、妻にプレゼントを買ったのだ。

そうするために、午前中の半分を無駄にするのは楽しかった。経営者の特権だ。だが前の会社では、ダレイオスは仕事ばかりしていた。だからこそ巨万の富を手にし、ひとかどの人物になれたのだが。

しかし成功を収めても、億万長者になっても、ダレイオスは不幸なままだった。いまならその理由がわかる。この十年、仕事以外は何もしてこなかったからだ。だから、会社を売却したときは喪失感に襲われた。金は思っていたほど、ダレイオスの心を満たしてはくれなかった。

だが、いまやすべてが変わった。仕事においても、私生活においてもだ。

新しい会社は動き始めたばかりだった。運営する無料のウェブサイトでは理数系の科目とコンピュータのプログラミングが学べる。つまり利用者は、かつてのダレイオスのようにいい仕事に就いたり、自分で会社をおこしたりするチャンスがつかめるわけだ。

目標は莫大《ばくだい》な利益を上げることではなかった。ダレイオスにはすでに、一生かかっても使いきれないほどの財産があった。したがって、ハワード・スペンサーの負債を肩代わりすると決めたときも、金が惜しいとはまったく思わなかった。

レティがぼくに教えてくれたのだ。すばらしい人生とは、どのようなものであるかを。

フェアホルムも、妊娠した妻も、日に日に美しさを増している。ダレイオスはレティの愛を体で感じていた。その愛は、冬の暖炉のように彼の心を温めてくれた。

だが幸福な日々には、ひとつ欠点があった。ダレイオスがつき通している嘘だ。

その嘘がすべてを破滅に導くかもしれない。

レンガの壁にかこまれた開放的なオフィス

に入りかけていた、ダレイオスの歩みが遅くなった。

レティの父親は死を目前にしている。その事実を妻にどう伝えればいいのか、彼はわからずにいた。最初は信じなかった。手の込んだ策略ではないのか、と何週間も疑った。

ところが、ハワード・スペンサー本人から、入院したという連絡が入った。その後、病院の記録を調べた調査員も、それが真実であると確認した。

こうなると、レティに話さないわけにはいかない。

しかし、どうやって話す？　ハワードは入院していて死期が迫っている事実を、ぼくは何週間も隠してきた。その事実を、どうすれば説明できるのだろう？

ダレイオスはレティの反応が怖かった。昨夜も打ち明けようとしたのにやめたのは、出産を間近に控えた彼女の血圧を上げるようなまねはしたくなかったからだ。

子供が生まれたあとにしよう、とダレイオスは決心した。母親と赤ん坊に何の危険もないとわかったら、すぐに告白するのだ。

レティは腹をたてるだろう。それでも時間がたてば、ぼくが彼女を守ろうとしていたと理解してくれるはずだ。レティは寛大な女性だから、きっと許してくれる。何しろ、彼女はぼくを愛しているのだ。

ダレイオスは少し落ち着きを取り戻し、秘書のデスクの前を通りかかった。「おはよう、ミルドレッド」

「奥さまから電話が入っています」

「レティから?」

「いくら携帯電話にかけても連絡がつかない、とおっしゃっていましたよ」

ダレイオスはズボンのポケットを探った。空だった。車に置き忘れたのだ。

「声の感じでは、ミセス・キュリロスはかなりつらそうでした。緊急だということです」

有能でつねにまじめな秘書は、めずらしく彼にほほえんだ。

レティが会社に電話をかけてきたことは、いままで一度もない。それが急に連絡してきたのなら、理由はひとつしか考えられない。

子供が生まれそうなのだ!

「電話はぼくの部屋にまわしてくれ」ダレイオスは専用のオフィスに飛び込み、ドアを閉めて受話器を取り上げた。「レティ? 生まれそうなのか?」

妻の声は妙に平坦《へいたん》だった。「いいえ」

「ミルドレッドの話だと――」

「わたし、あなたと別れるわ。いま、離婚のための書類を用意しているの」

ダレイオスは受話器を握りしめ、顔に間抜けな笑みを張りつけたまま、レティの言葉を理解しようとした。「何を言っているんだ?

ジョークなのか?」

「違うわ」

「妊娠中はホルモンバランスが乱れる、というが――」

「ホルモンバランス? ホルモンバランスですって? わたしが離婚するのは、あなたにだまされていたせいよ。あなたは何カ月も嘘をついてきた! 父が余命いくばくもないのに、ずっと黙っていたなんて!」

ダレイオスの心臓が喉元までせり上がった。

「どうやって知った?」

「ミセス・ポリファクスが教えてくれたの。父親が死のうとしているのに、見舞いにも行こうとしないわたしが理解できない、と言っていたわ」

九月の朝、窓の外では雨が降り始めていた。ダレイオスは唇を湿らせ、口を開いた。「レティ、動揺するのも無理はないが――」

「動揺? いいえ、わたしは動揺なんかしていない」

「事情を説明するから聞いてくれ」

「説明なら、ずっと前に聞いたわ。要するに、あなたはわたしを愛していないんでしょう? 愛情は子供にそそげばいい、と言っていたわね? あのときは理解できなかったけれど、いまならわかる。だから、あなたとは別れることに決めたの」

「きみは誤解を――」

「父はフェアホルムに連れて帰るわ」

ダレイオスはよろめき、あとずさりをした。

「ハワード・スペンサーを……ぼくの家に？」

「ええ。父を病院に置いておくわけにはいかないわ。父には人生最後の日々を、母と暮らしていた家で過ごしてもらいたいの」

「それはきみが決めることじゃない。あの家を買ったのはぼく――」彼はそこで口をつぐんだ。自分の言葉があまりにも恩着せがましく聞こえたからだが、すでに手遅れだった。

「そのとおりよ。〝男の価値は金で決まる〟んですものね。あなたはこれまで何でもお金で解決してきた。いつもそうだったわよね？　わたしのバージンを買ったあとも、あなたはわたしをお金で縛ろうとした。だから、理解できなかったんでしょう？　わたしが欲しかったのはお金ではなく、あなただったのに」

「聞いてくれ。きみを動揺させたくなかったから、ぼくは――」

「父はもう長くないのよ！」

「ぼくの判断は適切ではなかったかもしれない。だが、きみを守ろうとしていたんだ」

「わたしが許すと、あなたにはわかっていたのね」

「きみはそういう人だろう？」

レティが冷たく笑った。「あなたにとっては、都合のいい話だったわけね」

ぼくの妻はとげとげしい口調で、とげとげ

しいことを言う女性ではなかった。彼女はぼくに多くのものを与えてくれたが、自分からは何ももとめなかった。

ハワードを許すことを別にすれば。レティが望んだのは、ただそれだけだった。しかし、ぼくは拒んだ。何度も、何度も。「聞いてくれ——」これまで恐怖というものを知らなかったダレイオスは、はじめて本物の恐怖を味わっていた。

「あなたの荷物はスーツケースに詰めたから、コリンズにペントハウスまで運んでもらうわね。心配しないで。永遠にフェアホルムに留まるつもりはないから。ここはあなたに返すわ。父が……」急にレティの声が震えた。

「何もかも終わったあとで。離婚しても、あなたに何かを要求するつもりはないから。いずれは子供を連れて、ニューヨークを出るつもりよ」

「冗談はやめてくれ」

「ポピー・アレグザンダーがロサンゼルスに住んでいて、前に仕事を紹介してくれたの。そのときは断ったけれど、引き受けてみようと思っているわ」

「だめだ」

「止めても無駄よ。あなたは父を怪物と呼んだけれど、ほんとうの怪物はあなただわ、ダレイオス。あなたは身をもって経験しているでしょう——父親を孤独の中で死なせるのが、どういうものかを。復讐《ふくしゅう》の目的はそれなのよね？　だからあなたは、父をわたしに会わせないようにした。あなたの復讐がどんな結果を招いたかわかる？　父ももう少しで、孤独の中で死ぬところだったのよ。全部あなたのせいだわ」

　鋭い恐怖がダレイオスの全身を貫いた。

「レティ――」

「二度とあなたには会いたくない。あなたのように冷酷な人がわたしの息子の父親なら、むしろいないほうがいいわ」

　電話はそこで切れた。

　ダレイオスはショックで茫然としたまま、デスクの上に置いたジュエリーショップの青い買い物袋を見つめた。中には彼が妻のために買った、エメラルドのイヤリングが入っていた。

　頭上からは雨音が聞こえていた。

　ダレイオスは孤独だった。

　つぎの瞬間心臓に痛みが走り、バランスを崩してデスクに手を付く。

　ダレイオスは体を起こした。怒りと苦痛が全身を駆けめぐるのを感じながら手を伸ばし、デスクの上の袋をたたき落とす。

　妻を亡くしたハワード・スペンサーが犯罪者に成り下がった理由が、いまなら理解できる気がした。

　五十歳も年をとったような気分で、ダレイ

オスはのろのろと部屋を出た。

「ミセス・キュリロスがいる病院に行くんですか?」ミルドレッドが尋ねる。

彼は笑いそうになった。レティがほんとうの意味でぼくの妻だったことは、一度もなかった。あたりまえだ。彼女はぼくという男をよく理解していたのだから。

〝男の価値は金で決まるんですものね〃

ダレイオスは広い社内をゆっくりと見まわした。コンピュータに向かって仕事をしたり、休憩を取ったりする社員たちが見える。「もういい」

秘書が顔をしかめる。「はい?」

「もうこの会社はいらない」彼はミルドレッドに目をやった。「きみに譲るよ。ぼくは辞める」そして、振り返りもせずに去った。

その日の午後はマンハッタンの安酒場で酒をあおり、酔いつぶれようとした。アンヘル・ヴェラスケスかカシウス・ブラックに電話することもできたが、彼らは他人と感情を分かち合える男ではなかった。ダレイオスにとって、気持ちを通わせられる人はレティだけだった。今夜はウィスキーを友達にするしかない、と彼は自分に言い聞かせた。

だが、ウィスキーは役に立たなかった。

ぼくはずっと孤独だったのだ。その現実を、そろそろ直視したほうがいい。

夜遅くダレイオスはタクシーを降り、暗い

ペントハウスに戻った。天井から床までを占める窓からは、マンハッタンのきらめく夜景が見渡せる。しかし彼の目には、暗闇と影ばかりが映っていた。

　玄関ホールには、高価なスーツケースが三つ置いてあった。〝あなたはこれまで何でもお金で解決してきた〟

　ダレイオスは高価な家具が並ぶ、個性のないペントハウスをゆっくりと見渡した。すべてが白と黒ばかりだ。二年前に買ったこの家は、成功を誇示するためのトロフィーにすぎなかった。

　ここはぼくの家じゃない。

　ぼくの家はフェアホルムだ。

　彼はまぶたを閉じ、大西洋に面した館を思い出した。薔薇《ばら》や草原や海岸。レティにダンスを教えた牧草地。あそこで、ぼくは生まれてはじめて恋を知ったのだ。

　ダレイオスはまぶたを開け、ゆっくりと息を吸った。

　レティこそが、ぼくの家なんだ。

　短い結婚生活を通じて、ダレイオスは幸福とは何かを知った。夫の帰りを待ち、情熱的なキスをしてくれる妻がいることだ。

〝だから理解できなかったんでしょう？　わたしが欲しかったのはお金ではなく、あなただったのに〟

　レティはいつも、愛する人々を守ろうとし

ていた。そしていまは、自分の子供をぼくから守ろうとしている。

〝あなたは父を怪物と呼んだけれど、ほんとうの怪物はあなただわ〟

ダレイオスは冷たい窓に額を押しつけた。

かつてのハワード・スペンサーは善良な人物であり、ダレイオスの父親の寛大な雇用主で、誰に対してもやさしかった。その中にはギリシアから来たばかりの、臆病な十一歳の少年も含まれていた。だが愛する妻を失ってからは、人が変わってしまった。

ダレイオスは夜の闇を凝視した。そもそもぼくはなぜ、レティの父親に復讐しようと思ったんだ？　それも、レティを傷つけるのを承知のうえで？

彼女には最初から、ほんとうのことを話すべきだったんだ。

なのに、なぜ話さなかったのか？

自分は正しいことをしている、とぼくは自分に言い聞かせてきた。父を不幸な死に追いやったのは、ハワードだと信じていたからだ。

結局、レティが正しかったのだ。ぼくは嘘つきで、自分自身を最悪の形でだましていた。父エウゲニオスを死なせた張本人が誰なのかは、最初からわかっていた。ただ、苛酷な真実を直視する勇気がなかった。

父を死なせた張本人はぼくだ。

十年のあいだ、その記憶は意識の片隅に追

いやってきた。だが今日のダレイオスは、押し寄せてくる罪悪感と屈辱の波を素直に受けとめた。

十年前の昼、エウゲニオスはダレイオスに電話をしてきた。

〝わたしは何もかも失ってしまったんだ、ダレイオス〟いつもはぶっきらぼうな父親も、そのときは途方にくれた口調だった。〝ちょうどいま、書留郵便が届いた。それによると、わたしの貯金は――ミスター・スペンサーに投資した金は、残らず消えたらしい〟

当時のダレイオスは、マンハッタンの窓もない地下室をオフィスとして会社をおこしたばかりで、夜は三時間しか眠っていなかった。

彼がレティと別れ、エウゲニオスが解雇されて以来、父とは一度も言葉を交わしていなかった。しかし父の声を耳にしたとたん、忘れようとしていたことがすべてよみがえり、長いあいだ抑えてきた怒りが爆発した。

〝ハワード・スペンサーを崇拝していた報いだろう？　いつだって父さんは、家族よりあの男のほうが大事だったんだ〟

ダレイオスは若く、自分だけが正しいと信じ込んでいた。思い出しても吐き気がする。

〝それがわたしの仕事だったんだ〟父の声は震えていた。〝二度と職を失いたくなかった。生まれたばかりのおまえを玄関先で見つけたあの日、わたしはつらい思いをした。あんな思いは二度と……〟

ぼくを見つけた日につらい思いをした？

ダレイオスの怒りと傷心は激しく、それ以上父の声は耳に入らなかった。

〝あのときは金も仕事もなかったが、家族を飢えさせるわけにはいかなかった。おまえには金も仕事もない男の気持ちなど、わからないかもしれないが……〟

〝あのときは金も仕事もなかった？　それはいまも同じじゃないか。自分の子供も顧みずに働いたあげく、何もかも失ってしまったわけだ。父さんは金や仕事がないどころか、人間としての価値がなかったんだよ〟

ダレイオスは電話を切った。


一時間後、エウゲニオスはアパートのキッチンで心臓発作を起こして死んだ。遺体を発見したのは隣人だった。

ダレイオスはペントハウスの窓にふれていた手を握りしめた。

父は感情を表に出すタイプではなく、幼いダレイオスを抱きしめたり、ほめたりすることは一度もなかった。

しかし、ダレイオスと祖母が食べるのに困ったことが一度もなかったのは、エウゲニオスが仕送りを続けていたからだ。

長年、律儀に家族をささえてきたあと、仕事と金を失った父。ぼくはそんな父を嘲笑したのだ。思い出すだけで、ダレイオスの胸は張り裂けそうになった。

ぼくは忘れてしまいたかったのだ、自分が最後に父に告げた言葉を。だからこそ、ハワード・スペンサーを復讐の標的にし、注意深く彼ひとりが悪いと思い込んだ。

そして、誰も愛さなければ苦痛を味わわずにすむ、裕福になればしあわせになれると考えた。

だが、いまの自分を見てみろ。上品なペントハウスで暮らし、大金をつかんだが、いままでにない孤独を味わっているじゃないか。

レティに会いたい。

彼女が欲しい。

ぼくはレティを愛している。

ダレイオスは衝撃に打たれた。

ぼくはずっと彼女を愛していたのだ。

彼は髪をかき上げた。レティの言うとおりだ。ぼくは金で彼女を買おうとした。しかし、男の価値を決めるのは金ではない。

愛だ。

ぼくはレティを愛している。心の底から、くるおしいほどに。だから彼女の夫としていっしょに暮らし、子供を育て、しあわせになりたい。

だが、どうすれば実現できる？　どうすれば、レティに許してもらえるんだ？

ダレイオスは唇をゆがめた。この数カ月、ぼくは許すという選択肢を拒絶してきた。ところが今度はぼくのほうが、それをもとめることになったとは……。

しかしレティのためなら、彼はどんなことでもするつもりでいた。会社という名の帝国を築き上げたときと同じ努力をして、妻を取り戻すのだ。

それから一カ月、ダレイオスはありとあらゆることを試した。

ヴェラスケスがインターネット上に投稿された〝赤ん坊誕生のお知らせ〟を教えてくれたときも、レティの気持ちを尊重し、彼女のそばには近づかないようにした。その〝お知らせ〟によれば、息子の体重は三千二百グラムで、母親の回復も息子の成長も順調らしかった。

できるものならダレイオスは病院に駆けつけ、二人を腕に抱きしめたかった。

とはいえ、ぼくがいま病室に飛び込めば、状況はさらに悪化するだろう。ダレイオスは必死に自制心を働かせ、フラワーショップの花を買い占めると、玩具やほかの贈り物を添えて匿名で病院に送った。

だが花も玩具も贈り物も、即座に小児病棟に寄付されたことがわかっただけだった。

ダレイオスはくじけなかった。ミルドレッドに連絡を取り、会社に置いたままにしてきたエメラルドのイヤリングを、またしても匿名でフェアホルムに届けてもらった。

数日後、感謝の文章がつづられたカードが、ミセス・ポリファクスから届いた。そこには〝イヤリングを売ったお金は、ロングアイランドにある動物保護施設に寄付しました〟と書かれていた。

ダレイオスは歯ぎしりをしたが、まだあきらめなかった。その翌週にはレティに宛てて、赤ん坊の誕生を祝うカードを送った。感謝祭の当日には、彼女がお気に入りだった店のパイを十個届けさせた。

しかしパイはひとつ残らず、すぐさまホームレスの収容施設に寄付された。

十一月の雨が十二月の雪に変わるころ、ダレイオスの自信は揺らぎ始めた。そんなとき、彼は一度だけ、真夜中にフェアホルムまで車を飛ばした。

しかしレティの言ったとおり、道路からは館を見ることすらできなかった。

パイの一件のあと、ダレイオスはものを送りつけるのをやめ、電話もかけなくなった。かわりに、心をこめて手紙を何通も書いたものの、全部封も切られずに送り返されてきた。

息子が生まれてから、すでに四週間が過ぎていた。考えるだけで悲しくなるが、ダレイオスはまだ一度も赤ん坊の顔を見ていなかった。わが子を一度も腕に抱いていなければ、名前すら知らなかった。

妻は離婚を望んでいて、息子には父親がい

ない。ダレイオスは自分が負け犬のように思えた。

クリスマスが近づくころには、和解のためのアイデアも底をついた。手段はもはやひとつしかなかった。だが弁護士は、話を聞くなり口をあんぐりと開けた。「ほんとうに実行するのなら、ミスター・キュリロス、あなたは救いようのない愚か者ですよ」

弁護士の言うとおり、ぼくは愚か者だ。こんなばかげた行動に、最後の希望を託そうとしているのだから。

しかし、実行する勇気がほんとうにあるのか？　愛する女性を取り戻すか、すべてを失うか――そんな大博打《おおばくち》が打てるのか？


クリスマスイヴの午後、ダレイオスは弁護士から書類を受け取った。彼がそれを手にしたまま、檻《おり》の中の動物のようにペントハウスを意味もなく歩きまわっていると、携帯電話が鳴った。画面に表示されていたのは、フェアホルムの電話番号だった。

ダレイオスの胸が高鳴り始めた。あわてすぎて取り落としそうになりながら、携帯電話を耳に当てる。「レティ？」

しかし、かけてきたのはダレイオスの妻ではなかった。電話の向こうから聞こえたのは、予想もしなかった人物の声だった。

11

「あなたにとっては、生まれてはじめてのクリスマスね」レティは赤ん坊にささやきかけ、フェアホルムの大広間を通り抜けた。彼女はクリスマスディナーのために、深紅のベルベットのロングドレスに着替えていた。いっぽうの幼い息子は、かわいらしいサンタクロースの衣装に身を包んでいる。

ミセス・ポリファクスにはハム、プラムのプディング、ポテト料理といった、父親の好物ばかりを用意するように頼んでおいた。大広間の暖炉の脇には、ダイニングテーブルが運びこまれていた。レティたちはそこに座り、巨大なクリスマスツリーの下で食事をするつもりでいた。

今日は完璧なクリスマスにしたかった。おらくこれが、父が経験する最後のクリスマスになるからだ。昨日、レティは医者に言われた。〝お父さんの体は急速に衰えています。もってあと数週間でしょう〟

悲しみに、レティの胸は締めつけられた。父の最後の数週間は、最高の日々にしよう。電飾やオーナメントで飾られたクリスマスツリーを見上げると、熱いものが込み上げた。

オーナメントの一部は、レティが子供のころから大切にしてきたものだった。そうした品々は、ついに戻るべき場所に戻ったのだ。皮肉な話だけれど、ダレイオスには感謝しなければいけない。バスで出発する寸前のレティを彼が引き止めなければ、こういう品々はすべて売り払われていた。

ダレイオスがいなければ、わたしはいまフェアホルムにいなかった。父もここへ帰ってきて、最後のクリスマスを過ごせなかった。何もかも夫のおかげだ。

レティは彼が恋しかった。いくら否定しても、しょせんは無駄な抵抗だった。

ダレイオスからプレゼントが届くたびに、彼女は病院で見た、父の顔色の悪い孤独な姿を無理に思い出した。愛を返してくれない人を愛しても意味はないわ、と自分に言い聞かせもした。

けれどプレゼントが届かなくなり、電話がとぎれ、手紙が来なくなっても、勝ったという気分にはまったくなれなかった。

「ダレイオスなんて大嫌いなんだから」レティは声に出して言った。「もう二度と会いたくないわ」けれど、声に力強さはなかった。

彼女は息子を抱え、クリスマスツリーに近づけた。「ほら、見て！」

「だあ！」赤ん坊は小さな腕をばたつかせた。

レティは布製のハトを、息子の頬に押し当

てた。「これは、あなたのお祖母《ばあ》さんのコンスタンスが作ったものなのよ」

生後六週間の息子はほほえんだ。

ダレイオスを締め出したのは正解だった、とレティはいまでも信じていた。あんな冷酷な人をこの子に近づけてはならない。たとえ彼が赤ん坊の父親であったとしてもだ。

けれど、ダレイオスは息子と一度も顔を合わせていない。この子を抱いたことも、声を聞いたこともなく、すでに六週間という貴重な日々を経験する機会を逃しているのだ。

二週間前の真夜中、レティはむずかる息子をベビーカーに乗せ、敷地内の私道に出たことがあった。そのとき、ゆっくりと走り過ぎる黒いスポーツカーが見えた。

ダレイオスだわ！　彼女はベビーカーを押し、急いで門に近づいた。しかし門にたどり着いたときには車はすでに消えていて、レティは誰もいない道路を見つめながら打ち寄せる波の音を聞いた。そのとき、はじめて気がついたのだ。父と息子がいてもダレイオスがいなければ、フェアホルムは空っぽも同然だということに。レティは夫が恋しくてたまらなかった。

いいえ、そんなことはないわ。彼女は必死に自分に言い聞かせた。わたしがまだ離婚の手続きを進めていないのは、時間がないからよ。赤ん坊の面倒を見て、父の世話をして、クリスマスの飾り付けをしていたら、ほかのことをする暇なんてあるわけないでしょう?

レティは階段を上って子供部屋に入り、赤ん坊にミルクをのませた。息子が眠るとベビーベッドに寝かせ、ベビーモニターのスイッチを入れ、足音を忍ばせて部屋を出た。

階段に向かおうとしたとき、廊下の先から低い話し声が聞こえてきた。

父の寝室は海が見渡せる、館でもいちばんいい場所にあった。最近のハワードは、めったにベッドを出ることがなかった。

けれど聞こえるのは、父の声ではない。誰なの? レティは父の寝室に近づいた。

「そうだな」父の声が聞こえた。「いつもいい子だった」

「信じられませんね。あれだけのことがあったのに、そんなことを言われても」

その声を耳にしたとたん、レティは父の寝室のドアの前でへたり込みそうになった。ダレイオスはここで何をしているの? どうやってフェアホルムに入ったの?

「きみは父親に似て、かっとなりやすかっただけだ。エウゲニオスは最高の運転手だった。彼とはよくきみの話をしたよ。息子を愛していたんだろうな」

「父は、愛情をうまく表現できる人ではありませんでした」レティの夫の声は淡々としていた。

ハワードが笑い声をあげ、そのうち息を切らした。「われわれの世代は、子供にはわかりにくい愛情表現をするからな」

「レティはいつも、あなたの愛を実感していましたよ」

「きみの父親が感じていた恐怖とは、わたしは無縁だったからな。エウゲニオスは十五のときから、たったひとりで親を養わねばならなかった。そしてきみが生まれて、ギリシアで職に就く可能性を完全に失ったんだ」

「知っています」

「彼が何よりも恐れていたのは、きみを経済的にささえられなくなることだった」咳《せき》をしながら笑い、ハワードは続けた。「わたしがもう少し慎重だったら、娘が貧困に苦しむこともなかったはずだ。わたしたちがフェアホルムに戻れたのは、きみのおかげだ。だから、電話をしたんだよ。きみには感謝している」

急にダレイオスの声が切迫感を帯びた。

「それなら、ここに留まるようレティを説得してください」

「ここに留まるように？　あの子がどこに行くというんだ？」

「あなたが亡くなったらニューヨークを出る、と言っているんです」

ハワードが低い声で笑う。「レティらしいな。愚かなところばかり、父親に似るとは。幸福を恐れ、そこから逃げているんだ」

どきどきしながら、レティは開いたドアのそばで壁にもたれ、耳に全神経を集中させた。けれど、何も聞こえない。やがてダレイオスが、かろうじて聞き取れるくらいの小さな声で言った。「ぼくはあなたに謝らねばなりません。長いあいだぼくは、父の死をあなたのせいにしてきました。しかし、もっとも憎まねばならないのはぼく自身でした。父が亡くなる直前、ぼくはひどいことを言ったんです。一生、自分を許せそうにありません」

「何を言ったのかは知らんが、お父さんはとうにきみを許しているはずだ。彼はきみを誇りに思っていたんだよ、ダレイオス。そしてわたしも同じだ。きみは今日、ここに来る勇気を持っていたんだからな」

短い沈黙が続いたあと、ハワードが言った。

「レティ、そこにいるのはわかっているんだ。こっちに来なさい」

レティは心臓が口から飛び出しそうになり、その場から逃げ出したくなった。けれどそんなばかなまねはできず、顎を上げ、背筋を伸ばして寝室に足を踏み入れた。

彼女の父は体に毛布をかけ、ベッドで枕に寄りかかっていた。肉の落ちた顔に浮かぶ笑みは弱々しかったが、目は愛に輝いていた。

レティは深呼吸をすると、ベッドの脇に立つ男性に視線を向けた。

ダレイオスは長身で、肩幅が広く、活力に

満ちあふれていて、レティは食い入るように彼を見つめた。いでたちは黒いシャツに黒いジーンズだ。両腕を体の脇から動かさないのは、レティに手をふれたいという衝動を抑えているからだろうか。けれど、そのまなざしはやけどしそうなくらいに熱かった。

「どうしてあなたがここにいるの？」

「自分の息子に会いに来たんだよ」ハワードが答えた。

レティは父に向き直った。裏切られた気分だった。「父さん！」

「わたしはダレイオスにも、いっしょにクリスマスディナーを楽しんでほしいんだ」

彼女はショックを受けた。「お断りだわ！」

父の魅力的な笑みははかなげだった。「死のうとする父の、最後のクリスマスの願いを拒否するのかね？」

レティは奥歯を噛《か》みしめた。「ダレイオスのせいで、わたしは二カ月も父さんに会えなかったのよ！」

「おまえがダレイオスと息子を引き離していた日数も、だいたい同じだろう」

「ぼくもできれば息子に会いたい」ダレイオスは静かに言った。「だが、きみが首を縦に振らないなら、長居をするつもりはないよ」

レティは力なくうなだれた。「父からあの子の名前を聞いた？」

「いや」

「ハワードよ」腕を組み、顎を上げる。ハワード・エウゲニオス・スペンサーというの」

驚いたことにダレイオスは、怒りや不快の色をいっさい見せなかった。

「ぼくならそうはしないな」予想どおりの答えにレティが続きを期待していると、彼はあいかわらず穏やかな口調で続けた。「姓はやはりキュリロスでないと」

ダレイオスは姓だけにこだわっているの？　自分の息子にわたしの父の名前が――仇敵《きゅうてき》の名前が付けられているのに？

「怒っていないの？」動揺して、レティは組んでいた腕をほどいた。

「以前のぼくなら、怒っていただろうな」

ダレイオスが近づいてきたので、レティは思わずあとずさりをしそうになった。しかし怖いのは彼ではなく、自分のほうだった。体は彼をもとめて、わなないている。それくらいダレイオスが恋しかった。

だめよ。決めたでしょう。わたしを愛していない男性と、結婚しているわけにはいかないの！

「頼むから息子に会わせてくれ」ダレイオスは謙虚な口調で言うと、判決を待つ被告のように頭を垂れた。

「会わせてやりなさい」レティの父も言った。

レティは二人の男性に目をやり、自身の負けを悟った。「わかったわ」

身をひるがえし、彼女は寝室を出た。ダレイオスは後ろからついてきたけれど、あえてふり返らなかった。そのあいだも、手はわなわなと震えていた。

この数週間、レティはダレイオスを傲慢で冷酷な男性だと思い込もうとしてきた。だからこそ、彼の手紙を開封したいという誘惑とも闘うことができた。

彼女は人さし指を自分の唇に当てると、子供部屋のドアを静かに開けてから足音を忍ばせて中に入り、ダレイオスを手招きした。

ベビーベッドの前で足を止めたとき、レティは過ちを犯した。はじめて息子に会うダレイオスの顔を見てしまったのだ。

彼はわき上がる愛情に当惑しているように見えた。そっと腕を伸ばし、眠る息子の髪を撫《な》でる。「何てかわいいんだ」

その瞬間、レティは気づいた。冷酷だったのは、ダレイオスだけじゃない。

わたしは何てことをしてしまったの？

怒りと悲しみに目がくらみ、わたしはダレイオスと息子を引き離した。それも六週間も。

かりにダレイオスが永遠にわたしを愛さなかったとしても、自分の子供を愛さないはずはない。息子の髪を撫でる彼を見ればわかる。

わたしに、ダレイオスから子供を奪う権利はなかったのだ。「ごめんなさい」レティがうわずった声で言うと、彼が顔を上げた。

「ごめんなさい?」

言葉が出ず、レティはただうなずいた。

妻の肩に手を置いたダレイオスは、彼女が震えているのに気づいた。「レティ……きみに話しておきたいことがあるんだ」

レティの胸にパニックが広がった。父と和解し、赤ん坊の頭をやさしく撫でるダレイオスを、彼女は見ていた。そのせいで心にはぽっかりと大きな穴があき、そこに望んでいなかったあらゆるものが流れ込んでいた。

わたしは心の中でダレイオスを邪悪な人間に仕立て上げ、彼を怪物と呼んだ。だって、彼は父のことで妻に嘘《うそ》をつくべきではなかったからだ。

そしてわたしは、息子を永遠にダレイオスから奪うと宣言した。それでも彼は弁護士を雇って闘おうとはせず、言われたとおり、わたしに近づかないよう心がけていた。

ダレイオスの唇が開いた。これから彼が何を言うにせよ、わたしの人生は永遠に変わってしまう。レティは思った。もうきみにはうんざりだ、と彼は言うのだろう。きみの勝ちだ、ぼくはあきらめた、理性的に話し合って息子の親権は二人で分かち合おう、と夫は告げるつもりなのだ。

怒りにまかせた結果、わたしは結婚生活をめちゃくちゃにしてしまった。愛してくれない人と結婚生活を続けるくらいなら、ひとりで暮らしたほうがましだ、と自分には言い聞かせてきた。それでも結婚に終止符を打つ言葉を、夫の口からは聞きたくない……。

「いやよ」レティは言葉を押し出した。

ダレイオスに背を向け、彼女は子供部屋から逃げ出した。廊下を走り抜け、階段を駆け下りる。

背後から彼の足音が追いかけてきた。「レティ！」

彼女は止まらなかった。階段を通って、館を飛び出す。外は雪が積もっていた。

母の薔薇《ばら》園まで来たとき、レティは足がもつれてよろめいた。だがダレイオスがさっと抱きとめ、彼女の両手首を温室の外側の壁に押しつける。レティがもがいても、ダレイオスは手を離さなかった。

夫の体温と力を感じていると、レティの中で彼をもとめる力が強くなった。絶望のまっただ中にあっても、レティはダレイオスを愛していた。「放して」

「ぼくを許してくれ」ダレイオスは彼女に顔を近づけた。「何もかも、きみの言うとおりだったよ。ぼくが悪かった」

レティは驚いて彼の顔を見つめた。「〝ぼくが悪かった〟？　赤ちゃんに会わせなかったのは、わたしのほうなのよ」

「きみには自分の人生からぼくを追い出す権利があった」ダレイオスはレティの頬を両手

で包み込んだ。「ぼくはきみを、ハワードを、あらゆる人を責めていた。だがほんとうに責めを負うべきは、ぼく自身だったんだ」

「ダレイオス――」

「最後まで言わせてくれ。これが最後のチャンスかもしれないんだ」

薔薇園は静寂に包まれ、灰色の雲からは雪が降り始めていた。今度こそ、彼は言うんだわ。ぼくたちは別れたほうがいい、と……。

「きみが正しかったんだ。ぼくはきみを金で買おうとした。そうすれば自分のものにできると信じていたからだが、実際は自分の心を守ろうと必死だったんだ」

ダレイオスの瞳には涙が光っていた。いいえ、ダレイオス・キュリロスは――ギリシア生まれの無慈悲な大富豪は、絶対に泣いたりなんかしない。レティは思った。そう見えるのは冬の冷たい風のせいだわ。

「きみを愛している、レティ。だが、その事実が怖かった。ぼくは子供のころから、愛はかならず失われると信じていた。十年前にきみを失ったときは人としてだめになりそうになり、あんな思いは二度としたくなかったから、ぼくは心を氷の中に埋めた。それでもきみと再会し、はじめてベッドをともにしたとき、何もかもが変わって、心を埋めた氷にひびが入ったんだ。それでぼくは怖くなった」

ダレイオスは深く息を吸い、レティの目をのぞき込んだ。「だが、いまはもう違う」

「ほんとうに？」レティはささやいた。

ダレイオスはほほえみ、うなずいた。「本物の愛は失われたりしないことを学んだからね。きみのお父さんのきみに対する愛も、父のぼくに対する愛も決して失われたことはなかった。かりにきみの離婚の決意が固く、二度とぼくと会うつもりがなかったとしても、ぼくはきみを愛し続ける。きみはぼくを救ってくれた。心をよみがえらせ、愛とは何なのかをあらためて教えてくれ、そのうえ息子まで与えてくれた。だから、この先何が起ころうと、きみへの感謝は変わらない。きみへの愛もだ」

夫がそばにいるせいで、レティは寒さを感じなかった。「ダレイオス……いったい何を言っているの？」

「離婚するつもりだとしても、弁護士は必要ない」彼はシャツのポケットから、折りたたまれた書類を取り出した。「受け取ってくれ」

レティは書類を広げ、文面に視線を走らせた。ところが、一文字たりとも頭に入ってこない。「これは何なの？」

「フェアホルム、プライベートジェット、有価証券、銀行口座――すべてをきみの名義に書き替えた。ぼくの持っているすべてを」

彼女は息をのみ、首を左右に振った。「わたしにとってお金が何の意味もないことを、あなたはわかっているはずだわ」

「ああ、わかっているとも。だが、ぼくにとって金が何を意味するか、きみはわかっているはずだ」

レティは目を大きく見開いた。

ダレイオスはこの十年のあいだ、一日二十時間働き、地下室で眠っていた。リラックスすることも友達に会うこともなく、毎日倒れるまで働いていたのだ。

やがて彼は夢を叶《かな》えた。赤ん坊のころに母親に捨てられ、貧困の中で育った少年は、勤勉と強い意志と幸運により、莫大《ばくだい》な利益を上げる企業帝国を築き上げた。

そんなダレイオスの努力の成果が、いまレティの手の中にあるのだ。

「だが、ぼくがきみに捧《ささ》げるのは財産だけじゃない。ぼくはすべてをきみに捧げる。自分の人生を丸ごと」レティの手を取り、頬に当てる。「そして、ぼくの心もだ」

いつのまにか、レティは泣いていた。

「愛しているよ、レティシア・スペンサー・キュリロス。ぼくがきみの愛と信頼を失ったのはわかっている。だが、きみの愛が取り戻せるのなら、ぼくは何だってする。たとえ百年かかっても、絶対に――」

「やめて」レティは書類を、ダレイオスの胸に乱暴に押しつけた。しかし彼が受け取ろうとしなかったため、紙は雪の上に落ちた。

「レティ」絞り出すように言ってから、ダレイオスがみじめな表情になる。

「こんなものは欲しくないわ」レティはいっぽうの手でダレイオスの頬にふれた。「欲しいのはあなただけだもの、ダレイオス」

彼の黒い瞳が歓喜に輝いた。「だが、ぼくはきみにふさわしくない男だ」

「わたしだって完璧じゃないわ」

きみはすべてにおいて完璧だ、とダレイオスは言い返そうとした。

「完璧だとかそうでないとかは、重要な問題じゃないの」レティは爪先立ちをして、ダレイオスにキスをした。「わたしたちは欠点も含めて、たがいを愛しているんだから」

ダレイオスはレティをきつく抱きしめ、情熱を込めた口づけをした。そうすることで、晴れの日も雨の日も、いいときも悪いときも死が二人を分かつまでいっしょにいると誓いを立てた。

二人の愛はあらかじめ定められていた。運命であり、逃れられないと決まっていたのだ。

「ああ、レティ、ぼくは決して完璧にはなれないだろう」涙にかすむ目で、ダレイオスはほほえんだ。「だが、これだけは言っておくよ……ぼくはきみのために、完璧になるようつねに努力を続ける、と」

フェアホルムに春が訪れた。

ダレイオスは花束を手に、はずむような足取りで館に入った。新しいウェブサイトの立ち上げ作業が追い込みに入ったため、彼は土曜日なのに出勤していた。そのせいで、いまや家族の新しい習慣となったベーコンとワッフルの朝食を逃してしまったが、花束をプレゼントすればレティも許してくれるだろう。

土曜日の朝食は、レティや息子のハウイーことハワードと過ごすために始めた習慣だった。クリスマスイヴの一件のあと、彼はレティの勧めでミルドレッドに謝罪し、会社に戻ってもいいだろうかと打診した。

〝準備は万端整っています〟秘書はきびきびと答えた。〝あなたの指示にしたがって、業務は円滑に進んでいます。いずれ戻ってくることはわかっていましたから。だてにあなたの下で、長年仕事をしてきたわけじゃありません〟

彼は笑い声をあげ、それから感謝を込めて言った。〝きみがいてくれてよかったよ〟

〝来年の夏には、あなたはわたしと夫に、四週間のアジア・クルーズ旅行をプレゼントしてくれるはずです。予約はもうすませておきました〟

ダレイオスはミルドレッドに感謝していた。秘書だけではなく、彼の欠点に気づいていながら大目に見てくれた会社の従業員や、親戚たちのこともありがたく思っていた。

男の価値を決めるのは金ではない。人の価値はどんな人生を送ったかで決まるのだ。

レティの父ハワードは、家族にかこまれて一月に亡くなった。息を引き取る前、彼はふいにうれしそうに瞳を輝かせ、小さくつぶやいた。〝なんだ、そこにいたのか……〟

〝亡くなる瞬間、父は母に会えたんだと思うの〟あとになってレティは、涙を流しながら夫に言った。〝父と母がいっしょになれたのに、どうしてこんなに悲しいのかしら？〟

妻の言葉が正しいかどうかは、ダレイオスには何とも言えなかった。しかし、愛は奇跡を起こす。彼自身も身をもって体験していた。

いま彼は、満ちたりた思いで自宅を見渡していた。オーク材の床はぴかぴかに磨かれ、花瓶という花瓶には温室の花がいけてある。もうじきキュリロス家の親戚が、フェアホルムにやってくる。ダレイオスはすでに、プライベートジェットをヘラクリオス島にやっていた。明日には大おばのイオアンナと、いとこたち数名が到着し、一カ月ほど滞在する予定だ。甥《おい》の息子のそのまた息子に会いたいという大おばの思いは、ついに飛行機に対する恐怖さえも打ち負かしたのだった。

愛はあらゆる場所に満ちていた。ダレイオスの息子はまだ五カ月だが、すでにさまざまな人々から贈られた玩具《おもちゃ》をどっさり持っていた。何もかも妻のおかげだ。彼女のやさしさは、あらゆる人々を結びつけてしまう。ダレイオスの世界はレティを中心にまわっていた。

「レティ！」ダレイオスは花束を握って声をあげた。

「奥さまは外ですよ、ミスター・キュリロス」家政婦のミセス・ポリファクスが大声で応えた。「天気がいいので、赤ちゃんを連れて牧草地までピクニックに出かけたんです」

ノートパソコンを収めたバッグを置くと、ダレイオスも外に出た。小道を進み、かつて彼が妻にダンスを教えた牧草地にたどり着く。

ダレイオスは足を止めた。

空は青く、牧草地の草は目にも鮮やかな緑だった。レティは生後五カ月の息子のために、ギリシア語で歌を歌っていた。母親の腕の中で、ハウイーは楽しげに笑っている。草の上に広げられた毛布には、ピクニック用のバスケットやおしゃぶり、ウサギが主人公の絵本が並んでいる。そのとき、レティが歌いながら踊りだした。

まさに愛そのもののような女性だ。

ダレイオスは妻と息子を見つめ、一瞬胸をつかれた。ぼくはこんなにも幸福でいいのだろうか？

それから彼は二人に加わるため、さらに歩みを速めた。

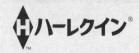

ハーレクイン・ロマンス　2017年10月刊（R-3277）

十万ドルの純潔
2024年5月20日発行

著　　者　ジェニー・ルーカス
訳　　者　中野　恵（なかの　けい）

発 行 人　鈴木幸辰
発 行 所　株式会社ハーパーコリンズ・ジャパン
東京都千代田区大手町1-5-1
電話 04-2951-2000（注文）
0570-008091（読者サービス係）

印刷・製本　大日本印刷株式会社
東京都新宿区市谷加賀町1-1-1

ISBN978-4-596-54089-8 C0297

5月31日発売

ハーレクイン・シリーズ 6月5日刊

ハーレクイン・ロマンス

愛の激しさを知る

秘書が薬指についた嘘	マヤ・ブレイク／雪美月志音 訳	R-3877
名もなきシンデレラの秘密 《純潔のシンデレラ》	ケイトリン・クルーズ／児玉みずうみ 訳	R-3878
伯爵家の秘密 《伝説の名作選》	ミシェル・リード／有沢瞳子 訳	R-3879
身代わり花嫁のため息 《伝説の名作選》	メイシー・イエーツ／小河紅美 訳	R-3880

ハーレクイン・イマージュ

ピュアな思いに満たされる

捨てられた妻は記憶を失い	クリスティン・リマー／川合りりこ 訳	I-2805
秘密の愛し子と永遠の約束 《至福の名作選》	スーザン・メイアー／飛川あゆみ 訳	I-2806

ハーレクイン・マスターピース

世界に愛された作家たち
〜永久不滅の銘作コレクション〜

純愛の城 《特選ペニー・ジョーダン》	ペニー・ジョーダン／霜月　桂 訳	MP-95

ハーレクイン・ヒストリカル・スペシャル

華やかなりし時代へ誘う

悪役公爵より愛をこめて	クリスティン・メリル／富永佐知子 訳	PHS-328
愛を守る者	スザーン・バークレー／平江まゆみ 訳	PHS-329

ハーレクイン・プレゼンツ作家シリーズ別冊

魅惑のテーマが光る
極上セレクション

あなたが気づくまで	アマンダ・ブラウニング／霜月　桂 訳	PB-386

※予告なく発売日・刊行タイトルが変更になる場合がございます。ご了承ください。

今月のハーレクイン文庫

5月刊 好評発売中！

帯は1年間"決め台詞"！

珠玉の名作本棚

「三つのお願い」
レベッカ・ウインターズ

苦学生のサマンサは清掃のアルバイト先で、実業家で大富豪のパーシアスと出逢う。彼は失態を演じた彼女に、昼間だけ彼の新妻を演じれば、夢を3つ叶えてやると言い…。

（初版：I-1238）

「無垢な公爵夫人」
シャンテル・ショー

父が職場の銀行で横領を？　赦しを乞いにグレースが頭取の公爵ハビエルを訪ねると、1年間彼の妻になるならという条件を出された。彼女は純潔を捧げる覚悟を決めて…。

（初版：R-2307）

「この恋、絶体絶命！」
ダイアナ・パーマー

12歳年上の上司デインに憧れる秘書のテス。怪我をして彼の家に泊まった夜、純潔を捧げたが、愛ゆえではないと冷たく突き放される。やがて妊娠に気づき…。

（初版：D-513）

「恋に落ちたシチリア」
シャロン・ケンドリック

エマは富豪ヴィンチェンツォと別居後、妊娠に気づき、密かに息子を産み育ててきたが、生活は困窮していた。養育費のため離婚を申し出ると、息子の存在に驚愕した夫は…。

（初版：R-2406）